白娘子

悟澹……著

上海三联书店

目 回

第一回

人间天堂

云山雾海，楼阁在云海之中荡荡悠悠，千样花枝之中仙袂乍飘。龙出玉海，鸾凤腾空，此乃佳景无穷。

　　四海八荒之内，但凡下界得道生灵，有造化者修得人模人样，都在这松生太谷的仙境之中，等待着天庭千年一次的登仙大会。披香殿内，不乏修得飞尘不到秋兰披霜的巴蜀山灵，躲三劫幻化成女体，更不缺龙游曲沼，阅尽上古经卷而开蒙的太湖碧波水族。乍一看，各个仙缘具足，顾盼神飞。

　　南湖泥泽深处，有一只潜心修炼、吸纳南湖山水千年灵气而幻化成人形的蟾蜍精，在银涛碧浪之间，趁着水天一色，飞往了仙界的披香殿，希求千年修行，证得仙果。

巍巍仙界，不同凡响。下界生灵，虽有造化，滥竽充数者不计其数，其相貌也是千奇百怪，可谓是千年修行，相由心生。众人一见仙雾缭绕之间，似有污泥之气，猛一看，不知来自下界何方之物，相貌如此令人鄙夷，举手投足之间尽是出丑放乖。

登时，披香殿仙官来报："紫丹参历经千年修行，三百年前耗损百年灵气，为下界临安百姓治疗瘟疫，功德无量，尔受人间帝王加封，留名史册。有人间的庇佑，加升紫丹参精为离恨天杏林仙者！

"白鱼精，五百年前因具区一带水患，拔百年鱼鳞，镇压水鬼，又在祥符寺放生池旁，得观音大士杨枝甘露摒除贪嗔痴三毒，今有祥符寺护法神将汝之人间功德尽数上疏，此乃福德具足，加升瑶池碧波仙子！"

……

因缘具足者得道飞天，福德不足者，得仙缘指点，或回深山大泽潜心修炼，或仙山拜师，期待来日。蟾蜍精好生羡慕，静待召唤。披香殿司命仙官示现，原以为登仙大会所到者雨露均沾，不想遗漏了相貌鄙俗的蟾蜍精。

司命仙官一眼便认出蟾蜍精的出身，故作目不斜视、高高在上的姿态，冷不防地一问："下站者何人？"

蟾蜍精立马弓腰作揖，道："小精是来自南湖泥泽的蟾蜍，在泥泽修炼千年，躲三劫得成人体，望乞携带携带！"

话音未落，披香殿四下窃窃私语，蟾蜍精幻化的外貌不免让人心生介怀。

司命仙官掐指巡纹，傲睨一切，轻描淡写地说："你仙缘尚浅，资质不足，且外形鄙俗，不具仙家风骨，你虽有千年造化，但周身泥泽戾气过重，我光摇朱户、雪照琼窗的仙境，势必与你相冲，况且你在人间无功无德，待你吸收山川灵气，洗尽尘渣之时再来我披香仙境，享鹤舞九天之造化。"

蟾蜍精连忙起身，不想被一仙官唬得连忙跪拜在地，殷切地说："小精因两百年前，躲三劫得成人体，不想南湖泥泽戾气弥漫，且此地祸不单行，又逢湖水倒灌。眼看南湖泥泽戾气流向人间，小精恐泥泽戾气殃及我南湖水族，又会给南湖一岸的百姓带来灾难，所以小精以吐纳之法吸收南湖泥泽戾气，收于我腹内，并且以千年修炼的灵气，包裹南湖泥泽的所有戾气。小精原以为借助南湖水面的烟波灵气可以净化戾气，不想千年修为也无法降伏这戾气的剧毒。秋去冬来，我水族精灵但凡得道者，都能运用四季，但小精灵气被戾气所伤，就在这一年的寒冬，小精周天全乱，险些真气散尽，现出原形，幸好南湖千年水泽护我真灵，但是我灵气耗损过度，修得人身便坏死，成了如今这般模样!"

披香殿内，瞬间无声。司命仙官听之甚无趣味，说："切勿多言，天道自然，变幻莫测，饰非掩丑之语，哪里能抵得过沧海一粟?"

登仙大会就此作罢，蟾蜍精却成为四海八荒下界精灵的笑话，南天门外，不知何处的精灵窃窃私语："这副模样，妄想金身正果，你这癞蛤蟆想吃天鹅肉，修得是痴心妄想!"

蟾蜍精久久地站在南天门，回头望着高不可攀的云中仙阁，心中的无明火已经燃起了嗔恨之心。他心有不甘，南湖水底的千年岁月，毁于泥泽戾气，他知道自己此刻的这番模样，非海上仙方，都将是回天乏术。正在出神的他，不想被南天门把守的天兵一声吆喝，赶下台阶。

刚刚受尽冷嘲热讽的蟾蜍精，心里暗暗自言自语："天不公，地不平。在上是天，在下是地，世间了了分明。加之修习路上六道轮转，灵道无情，谁知而今善恶不分，乾坤有私。"

蟾蜍精心中愤愤不平，他看着牌坊上"南天门"三个字，顷刻间明白，下界无根生灵若想登仙，简直难于上青天，出身地位何其重要，天道再高，还是跳脱不了人道凉薄。乾坤混乱，莫怪人心不古。

蟾蜍精一转身隐入云雾之间，遁入人间。

不俗即仙谷，多情乃佛心，所谓的神仙，都是流传在凡人的故事中。地上的造化，不拨开云雾，哪能看到人间，仙境的殊胜，不打开经卷，哪里能观想到心田？

青城山下，云雾缭绕，听猿啼却雾霭迷眼，不见山径。

亦佛亦道的巴蜀圣地，有一条修炼千年的白蛇即将破关，幻化人形。这一天的云雾弥漫，就是为了遮住世人的眼，以免泄露仙灵。

洞中的白蛇，此刻还未归人道，七八丈长的蛇身，盘在洞中。白蛇虽未变幻成人，但是已经开了灵智。她第一次渡劫的时候，是在七百年前，渡劫成功的她修了一副花容月貌；第二次渡劫的时候是在四百年前，可以偷天换日，幻化成人，只不过姿态形容差些文章；而今，是白蛇第三次渡劫，还有一天即将破关。白蛇所在的山洞，集青城山山川灵气，刚刚第三次渡劫成功的她，正在洞中固本还原，还差一天便可出洞。在此之前，若渡劫耗损的修为未补全，一切便会功亏一篑。这一关尤为重要，一旦破关出现纰漏，千年修为，还要从头再来。

白蛇在洞内静静地等着翌日的朝阳，洞外的猿啼声，在松雾之间，时近时远。白蛇在心中默念咒语，戒除妄念，以戒生定，由定发慧，由慧起修。

同白蛇一起在洞中的还有另外一条黑蛇，千年来，这条蛇一直阻挠着白蛇修行。七百年前，白蛇开蒙，它告诉白蛇，在这世间，懂得越多，错得就越多，还不如做一条白蛇自在；四百年前，白蛇精进修为，可以幻化成人形，它告诉白蛇只有妖才妄想成人；而今，白蛇即将修炼圆满，它却央求白蛇把它吃掉，方才情和性定，月满金华，伐毛洗髓。

白蛇想："莫不它疯了，想引我入魔，才来蛊惑我，我千年修为，哪能做出如此愚蠢的举动？"

白蛇看着洞外，对另外一条蛇的央求充耳不闻。此刻正在固本培元的白蛇，将头伸进了盘旋的身体里。即便如此，另外一条蛇的声音，依旧是此起彼伏，甚有摄受力。白蛇此刻五味杂陈，心绪早已有些烦乱，不知道如何是好，这时候，眼前仿佛见到一位白衣仙人走来，对她说："白素贞，咬开铁弹真功夫，诸相非相何须求。吃掉它吧，你就可以早日飞升了。"

白蛇一想到当年在黎山老母的法坛闻法，才有今日的修为，甚是不易，况且千年修为，不曾图害任何生灵，才换得而今人身，倘或生而为人，不曾有慈悲之心，六道轮回，还有何法可修，何法可悟？想到这里，白蛇反驳白衣仙人说："残杀同类，这是修得哪门子道?"

"白蛇，我且问你，如果此刻你正在闭关，还有一炷香的时间即将功德圆满，洞外有一位老婆婆被野兽追咬，你是出洞救还是继续在洞中闭关?"听到白衣仙人这么一说，白蛇想都没想说："当然出去救人!"

白衣仙人摇了摇头说："既然都能出去救人，为免他日这孽畜祸害人间，为什么不能现在就吃掉你眼前的这个祸害呢?"白蛇不明白这两者的关系，说："救人乃我修行人的基本，残害同类乃天理不容，况且它千年来伴我左右，并未做伤天害理之事，这二者又怎能相提并论。"

白衣仙人再次摇摇头，消失在白蛇的视线中，只留下一句话："舍小我方可成大我，这条黑蛇是你妄念所化，贪善是贪，贪恶也是贪。不识自己，哪能识众生。"

说时迟那时快，白蛇一眨眼便从入定中醒来，只见洞外山涧水流，翠松木秋，崎岖岭道，突兀玲珑，洞内也根本没有白衣仙人，只听到传来一句"白蛇，你迟了"，突然面前的这一条黑蛇化成一粒金丹飞走了。

这时候，观世音菩萨手持玉净瓶，脚踏莲花示现，白蛇见到理圆四德、智满金身的菩萨立马幻作白衣女子的模样，至诚顶礼膜拜菩萨。

菩萨低眉，轻语说："白蛇，善恶变幻莫测，又与对错难舍难分，不易辨别，若无仁者心动的智慧，纵然再给你一千年的时间，你也难修得人心！枉我将这颗金丹送给你，不想你却不识自家宝贝，不能悟得法外仙丹。"

白衣女子说："弟子愚钝，请菩萨明示！"

菩萨道："白蛇，当年释迦牟尼欲度东城老母，东城老母死活不肯相见，释迦如来只好空手而归。阿难尊者闻之便去一探究竟，不料东城老母热情招待，信顺奉行，你可知为何？"

白衣女子摇摇头，菩萨叹了一口气，说："世间好多悬而未决的问题，皆是缘分。灵道众生，千年修为，虽然人身易得，但是人心难悟，你可知千年戒定慧用功，也不及贪嗔痴破功。罗汉不三宿空桑，只怕留情。明月不谙离恨苦，斜光引晓穿朱户；业识不灭，三界流转，因果循环，又岂是偶然？只不过是菩萨畏因，众生畏果罢了。人间是道场，你且去人间历练，用你的千变万化去体悟人心的变化万千，到时候我再来度你。"

白衣女子说："菩萨，弟子千年修为，只为修得人身破除蛇毒，而今未成正果，枉入人间，岂不是羽毛未丰，枯耘伤岁么？"

菩萨的玉指从杨枝甘露瓶里拿出杨柳枝，六滴甘露净化白衣女子六根，道："孔雀大明王菩萨以五毒为食，滋养庄严相貌，然孔雀羽毛以毒而美，却也能辟恶解大毒、百毒及毒药，你可知能驾驭贪嗔痴三毒，才是戒定慧三学的前提。你乃是色身之毒，不入世间历练摒除，即便千年修为也是即鹿无虞，劳而无功。当下分守要津之事便是解你心中贪嗔痴三毒，方可弥补你今日渡劫之漏。"

白衣女子说："何为解贪嗔痴三毒？万望菩萨开示？"话音刚落，菩萨便隐于山川之外，六界之中，只听得云中传来："我已遍洒甘露，净你六根，天机不可泄露，日后你自会知晓，你且安心去吧，他日机缘成熟，我们人间再会！"

白蛇幻化成白衣女子，名唤白素贞，自从当年菩萨指点迷津之后，她便离开了青城山。山中千年的修行，她也阅尽了人间的寻常之书，也知晓除了山川海泽是修身之地，凡间好水土，乃苏杭钟灵毓秀之地，千百年来多少文人记载这里，素有人间天堂的美誉。本着对天堂的向往，白素贞便在钱塘一带过着寻常人家的生活。

上有天堂，下有苏杭，又是人间又是天堂。人间是凡人住的地方，天堂自然是神仙居住的地方。神仙来到人间，便是思凡，凡人进入天堂，便是飞升。如果是妖精来到这里呢？世间的事情，早已都有了定数。

白素贞泛舟西湖，烟波苏堤，三潭印月可比那些酸腐的诗文别有韵味。夕阳映着雷峰塔，泛的光如同白素贞壶中煎着的茶，别有灵气。在水光潋滟之中，百鸟归林，远处也依稀看见灯火如豆。

舱公提前将船停靠在断桥边，收了桨，摘下斗笠，对白素贞说："姑娘，时间不早了，赶快回家吧！苏堤一带都没人了！"

白素贞这几日甚是疑惑：往日苏堤一带在灯火深处，才子佳人泛舟湖上赋诗弹唱，吴侬软语甚是醉人，为何这几日略少了几分昔日的热闹。白素贞问："老伯，为何今日这么早收工？"

艄公皱起眉头说："姑娘，早点回家吧，西湖一带最近闹土匪，好多人都沉到湖底，如今白天看着平安，晚上就不好说喽。老夫我上有老下有小，可不敢拿身家性命开玩笑啊！"

白素贞看着泛着烟波的西湖狐疑，许久之后，在艄公的催促之下，给了艄公一百个铜钱下了船。

夜色降临，苏堤一带果然少了几分往昔的热闹，拂堤杨柳在夜色下愈显娇媚，湖面上泛着的船只也是屈指可数，即便传来歌舞声，也略显单调。苏堤叫卖的小贩，生意也不像以前那样客似云来。

三月的杭州，醉在了烟雨中，傍晚的余晖在湖面上波光粼粼。刚至夜色，西湖便下起了细雨，行人来来往往，小贩急忙收拾小摊。此刻的白素贞也如雨打梨花，慌慌张张奔向了断桥旁的凉亭。

这时候，不远处的湖心，传来了"不好了，不好了"的声音，原本在雨中奔跑的人，瞬间四下慌乱。白素贞定睛一看，湖心处的客船，在灯火之中似有一团未经收敛的妖气。白素贞正准备冲出凉亭，突然背后有一股力拉扯她的衣角。白素贞回头一看，是一位眉清目秀的书生打着一把伞。

这位书生看着白素贞说："姑娘莫慌，只有岸上是安全的，外面下雨，记得打把伞！"

白素贞与这位书生两两相望，一把油纸伞下，一个是凡人，一个是山灵，一个是双瞳剪水，一个是左右顾盼。白素贞看了看伞柄，伞柄上刻了一个"许"字，白素贞将手抚在了唇下，莞尔一笑，说："多谢许公子好意！"

眼前的这位许公子说："小生与姑娘初次相见，姑娘如何知道小生姓许？"

细雨斜风，从柳叶上斜飘来一滴雨，刚好落在白素贞的手上。俄而白素贞回神，见指尖上的雨水，分明有妖物在逆天而为，施法下雨。白素贞看着眼前的这一介凡人，正准备施法将其打发，不想一道金光从亭前飞过，是禅杖法器化龙飞来。

白素贞连忙闪躲，一不当心扑到了许公子的怀中，白素贞刹时满脸绯红，立马退后。此刻在伞外的她，细雨再次拂过她的额头，许公子连忙伸出伞为白素贞挡雨，伸手将她拉回亭内。

那道金光直击湖心的客船，裹住客船的那股戾气也被禅杖冲散，随即妖气卷入湖底，不见了踪影。禅杖的主人现身，将禅杖收回。

持着禅杖的僧人，口中念着咒语，刚刚还在摇摇晃晃的客船，顷刻恢复了平稳，客船那边传来了声响："大家不要慌，刚刚船头撞上了湖面的一只大鸟，大鸟已经被吓跑了！"

岸边的僧人摇摇头说："凡夫执迷啊！"

白素贞看着远处的这位僧人，心中有些发怵：他手中的禅杖甚是厉害，轻而易举就能将湖心的那团妖气冲散，道行可见一斑。

白素贞看着僧人持着锡杖越走越远，此刻西湖的雨也渐渐停了。苏堤上惊慌失措的行人也从慌乱中恢复了平静，仿佛刚刚发生的一切只是一场小小的意外。

白素贞走出亭外，不想背后的许公子一声呼唤："天有不测风雨，姑娘还是带上伞吧！"许公子把伞递上，白素贞说："谢谢许公子好意，这雨不是已经停下来了吗？"

须臾之间，天空一道闪电，许公子笑着再次递出手中的油纸伞，说："江南多烟雨，愁煞过路人。姑娘想必是外地人，不知道我江南细雨的连绵。细雨湿衣看不见，闲花落地听无声！"

白素贞听着许公子的声音正是入迷，情不自禁地说："回许公子的话，我来自四川芙蓉城！"

这话正合许公子的意，许公子连忙自报家门，说："小生姓许名仙，敢问小姐芳名！"

"白素贞。"

突然安静了下来，许久两人都没有任何声响。白素贞从入迷的状态缓过神来，不想千年修行，竟然能让一介凡人搅得自己的内心像湖水一样泛起波澜。白素贞故作客套，说："许公子借伞，我与公子素未相识，不知道日后这把伞如何归还？"

许仙再次自报家门："小生是保和堂的学徒，姑娘日后可到保和堂再续……"

夜雨芭蕉先有声，烟波湖上看天青，风约住，伞下人。白素贞初到人间，便在风雨中乱红飞舞，究竟不知情为何物，便在一把油纸伞下生死相许。

白素贞拿着伞臆想着刚刚发生的一幕，不知不觉地走到了断桥的那头。在苏堤岸上的白素贞，看着岸边船上的灯火，在夜色之下迷离。

从烟柳旁拂来一阵风，使得白素贞衣袂飘然。白素贞不慌不忙，气定神闲地说："有胆量还不现身？"

"姑娘，请不要误会，我是西湖底下修行五百年的青蛇，刚刚被飞来的禅杖伤到了，请姑娘搭救！"

白素贞在岸边看着从湖底泛出的青光，问："误伤？此言怎讲？"

"钱塘一带，最近来了一只蛤蟆精，四处作恶，并祸害西湖湖底的水族，刚刚我正在湖底吸纳月华，碰巧蛤蟆精又来作恶，不想一根禅杖袭来，我被禅杖的佛光误伤！"

白素贞看了看岸边停靠的空船，说："你先上船!"只见一道青光溜进了船内，白素贞看了看周围的行人，便走进了船舱。只见一条青蛇通身鳞片黯淡，白素贞施法为其疗伤，不多时，青蛇周身泛起碧光。

青蛇摇身一变，成了娉娉袅袅的花信少女。青蛇欠了欠身子，说："小青谢谢姐姐救命之恩!"

白素贞喜出望外，说："你竟有幻化成人的修为?"

"小青在西湖已有五百年了，常年受雷峰塔内佛荫的加持，才会有幻化成人的修为。姐姐救命之恩，小青无以为报，小青愿意跟随姐姐鞍前马后，报答姐姐的救命之恩!"

白素贞欣喜地说："怪道菩萨让我来到人间历练，你五百年的道行就有脱胎换骨的本事，看来这人间天堂果真名不虚传!"

从此青白二蛇，在西湖的一隅安家建宅，过起了常人的日子。她们姐妹二人原以为可以过上普通人的青白生活，但是她们哪里知晓，自古青白是无常。人间的孰真孰假，孰是孰非，妖披着人皮，凡人躯体里却藏着一颗妖心。

溜走的那团妖气就是平湖泥泽的蟾蜍精幻化而来的。他当年深感乾坤颠倒，上天无望，痛恨青云之上也干起了人间的勾当，便不再苦修，而是来到了江南富庶之地，眠花卧柳寻个自在，以女子阴气为食，增补自己的修为。不想那日和尚的降魔禅杖伤得他耗损了两百年的修为，蟾蜍精百般踌躇，一时又不敢再到西湖一带胡作非为，便消停了许多。

转眼间到了暮春，天气放晴，而钱塘一带，因为时节所致，这里忽然多了患上时疾的病人。没几天功夫，家家药铺门庭若市，好不热闹。白素贞和小青正在米行街买胭脂，忽见一位老乞婆病倒在地，命在旦夕。

白素贞用手指掐了一下老乞婆的人中，老乞婆从昏迷中醒来，一时间围观的行人都纷纷凑前看热闹。白素贞说："诸位父老乡亲，请问这附近哪里有药铺？"

在一位卖冰糖葫芦的小贩带领下，小青和白素贞搀着老乞婆来到了保和堂，出来迎接的学徒一见小青搀扶着病歪歪的老婆婆，便说："姑娘所扶病人，已经命在旦夕，赶快让老婆婆躺在这里！"

白素贞一抬头，不想这位出来相迎的人，刚好是那日在断桥边借伞的许仙，便说："许大夫原来在这里，赶快救救这老乞婆！"

许仙为老乞婆把脉，摇了摇头说："这老婆婆已经病入膏肓，寻常的时疾药方已经是冬扇夏炉！"白素贞一听这话，拿起一旁会诊桌上的湖笔，在纸上写起了药方。许仙拿起药方，一看方子里有十八反，便问："白姑娘方子中有十八反，若按这个药方服下，恐怕会损害机体，使人更加迷乱，况且药力如同刀剑，年轻人服下去犹如刮骨，老婆婆服下去岂不是反抗夺积？"

白素贞说："老乞婆的时疾虽然看着严重，只是表，而未伤及到根本，外有大毒之疾，必用大毒之药攻之方可奏效，乌头与半夏只要用之恰当，亦有良效。"

许仙听之受教，立马把药方给掌柜抓药，并嘱咐赶快煎药。

许仙在前厅招待白素贞和小青，想起那日在断桥边的相遇，许仙一时语塞不知如何再跟白素贞搭话，便故意把话往药方上引："白姑娘刚刚的药方，可谓是雄不独处，雌不孤居，以明牝牡，竟当相须。没想到白姑娘竟然是我杏林高人！"

白素贞微微一笑，说："此一时彼一时，事有轻重缓急，老乞婆的病情异乎寻常，此刻若不剑走偏锋，恐怕必会命丧黄泉！"

白素贞给老乞婆开的药方，使得老乞婆痊愈，并且多年的寒疾也一并好转。有心的许仙，发现方子中的几味草药，甚是对症下药，便试着此方子为病人试药，果真有奇效，这也让许仙一时间在钱塘名声大噪，多家药铺争相请许仙坐堂就诊。不仅如此，达官贵人寻常的富贵病，也时不时请许仙上门问诊，答谢许仙的南货也堆积如山。

许仙憨厚诚实，他也知晓如今的虚名都是拜白素贞所赐，这等贪天之功，岂敢以为己力，他便挑了一些上好的南国干货，借此机会寻到了白素贞在西湖一隅的宅子。

一春略无十日晴，处处浮云将雨行。行至半路，突然乌云密布，不一会雨打芭蕉雨潇潇，出门并未带伞的许仙躲进了烟波亭。

正在扇风煮茶的白素贞，见一阵风穿堂而过，看了看歪在榻上的小青一副软塌塌的样子，白素贞叹了一口气，说："小青，都成人了，怎么还是没有个人样，做人可不能像蛇一样软绵绵的。"

懒散的小青扇着衣袖，将鬓发拂在自己的唇间，说："姐姐，做人一日，比我修行都难，端着个姿态，说什么站如松，坐如钟，装模作样就是没有自己的模样！"

"白齿红唇说黑白，站住了才是个人啊！"白素贞一把将小青扯了起来说，"赶快竖起脊梁骨，有贵客来了！"

小青立马从软绵绵的状态回归到亭亭玉立的模样，白素贞算着是熟人到来，看着外面下着的雨，说："天青雨来客，果真是个有趣的人！"

人间通天有大道，哪知官道大如天。是神，没有官道的推崇，便没人间的香火和佳话，万法不离国法，自古凡间，人可以封神，神却难度人。如同这雨中访客，白素贞算得出是客，却忘了客是人，更忽略人也跟妖一样，其貌不扬更是千奇百怪。小青刚把大门打开，不想是衙门的一行人，站在正中的是钱塘县令，一双五花眼，一看就知来者不善。小青红唇白齿的笑也瞬间变得黯然失色了。

县令看着小青说："小娘子，本官听闻前些时日，二位娘子街头行善，今日本官特来关照关照！"县令挥了挥手，示意只让几个侍卫一同随行，其余人都在门口等着。小青原本有五百年的道行，差点被县令胸前补褂上的飞禽走兽的徽饰给罩住，那逼人的官气险些让小青失了心性。而此刻的小青疏忽大意，几乎着了官道，好在她有一定的根基，才不至于忘本暴形。

白素贞在前厅把门前的动静看得一清二楚，原本以为是许仙到访，不想算错了，竟然是一身官气护体的县令。白素贞看县令身穿补褂，胸前是飞禽的徽饰，心下想着毕竟是人间册封的文官，有一定的身份，不敢怠慢，便上前周旋。

"啊，原来是我们县令大人，不知贵客到访，还望大人海涵，小女子这厢有礼了!"白素贞向小青使了使眼色，轻轻吹了一口真气度给小青。一阵清风袭来，小青立马心性归本，心神合一不再游离。

　　县令一见白素贞似有瑶台月下逢之意，便生孟浪之心，哪知几次欲抚白素贞的手，都被白素贞欲拒还迎，更是心痒难耐。

　　白素贞再次向小青使了使眼色，看了看后门，小青立马会意，便对知县说："大人，楼台烟雨，山色空蒙，大人何不到寒舍后面的客船上，春潮带雨，看那江南曲径通幽呢?"说罢，小青拍了拍县令的胸脯，县令瞬间心花怒放，心里美滋滋想着："真是'好雨知时节'。"

　　县令在小青的半推半就之下，登上了西湖一角的客船，小青用眼睛的余光勾了勾县令，冰冷的眼神，如同一把涂了蜜的刀、带了刺的花一样。小青心想："等我扒下你那身禽兽衣冠，看我怎么收拾你!"

　　谁知县令的官服脱了一半，胸前露出了一串被高僧开过光的菩提珠，菩提珠顿现金光，如无数把剑一样刺向了小青，小青立马闪躲，还是被金光的光芒扎伤。小青剑拔弩张地说："好你个狗官，姑奶奶本想教训你一下以示小诚，没想到你竟然敢伤姑奶奶，看姑奶奶怎么收拾你！"

县令感觉不对，说："呀，你这个小娘们，想怎么样?"

小青冲冠眦裂，说："脚上的疱是自己走出来的，怨不得姑奶奶我脚下无情了！"说完，她现出了那条蛇尾巴，吓得县令如同锅里的馄饨一样，连滚带翻地乱撞。小青把尾巴扇了过去，县令从船舱里飞了出去，掉进了西湖。小青料理完县令，又施法把门口的几名衙役，以疾如旋踵的速度换置到百里之外的荒野。

淅淅沥沥的雨终于停了下来，西湖又是烟波缭绕，宛如天堂一般。

许仙看了看烟波亭的牌匾，又看了看手中的南国干货，庆幸躲过了这场雨，才使得这些干货幸免。许仙快速地朝着不远处的白府走去。

他在白府的大门口延颈鹤望，又不敢去叩门，左右徘徊，生怕自己太唐突造次。许仙心想："我一个穷小子，人家白姑娘怎么会瞧上我！"想到这里许仙自嘲地摇摇头，迟迟吾行，如同湖岸边的杨柳依依。

不远处，湖面上似乎游荡着一团东西，许仙起初以为是枯木，但是随着那东西越漂越近，许仙确定是有人落水。他连忙卷起衣袖，将手中的干货放在岸上，扑到水中，把人救上了岸。

许仙一看是钱塘的县令，心下一惊，他小心翼翼地将手伸至县令的鼻下，发现他已经窒息。细心的许仙看到县令身上似有撞伤。他陷入了沉思："县令距白姑娘家不远处落水，莫不是有人要陷害白姑娘?"许仙若有所思，他背起沉甸甸的县令，一路跌跌撞撞地往略有人烟的地方走。见离白府有一些路段了，许仙背着县令躲进了湖边的草丛中，等待着行人的到来。待到行人快走近时，许仙和县令同时沉入湖中。许仙大喊"快救人啊"，行人一听到湖边有人落水，立马三五成群地下去救人，落水的许仙被救上了岸。有气无力的许仙指着湖面：

"快救县令！"

第二回

自伞自度

是日，阳光明媚，白素贞在府邸的院子里，看着地上那把撑开的油纸伞，一会儿痴痴地笑，一会儿又两眼迷离地发呆。她面前的案桌上，是一幅许仙的画像，这画像正是白素贞所画。

　　一旁坐在秋千上的小青，翘起映日指，只见地上的那把油纸伞飞入小青的手中，小青撑着油纸伞，在秋千上荡荡悠悠。

　　白素贞看着小青妖娆的表情，便问："小青，你撑我的伞做什么？"

　　小青故意调嘴弄舌："我的？谁是你的？"

　　"那把伞！"

　　小青看了看伞柄上的那个"许"字，说："你的？青天白日的，你要伞做什么？"

"小青，打伞的是你，又不是我！"

"天有不测风雨，你千年道行，我才五百年道行，我怕我湿身！"

小青故作手撕油纸伞的动作，说时迟那时快，白素贞一转身飘到了秋千上，一把抓住油纸伞，秋千荡得更厉害，一上又一下地将两位姑娘的头发拂来又抚去，衣袂随着秋千一上又一下，仿佛是拂堤杨柳在风中一样。白素贞拿着手中的毛笔在小青的脸上身上乱涂乱抹，痒得小青如同在西湖中逶迤的样子直扑白素贞的怀里。

"好姐姐，你就饶了我这回，我都快痒得现出原形了！"

白素贞用手戳了戳小青的额头，说："你是要伞还是要命？"

小青心痒难耐地说："我又不是伞，姐姐道行这么深，我可硬撑不住你，你还是找你的许大官人吧！"

"你啊，鬼灵精怪，什么时候能修到像人的本分？"

"我是西湖底下的精怪，跟着姐姐你，一直很本分，倒是那钱塘县令，没有一点本分，你说是我像人还是他像人？"

白素贞摇摇头说："做人啊，可比我们深山修炼还要讲究，众生百相，你好好学着吧！"说罢，白素贞拉着小青从摇曳的秋千上飞了下来。

"姐姐，你要去哪？"

"见许仙！"

"姐姐，见许仙你还没带上那把伞呢？"

"讨厌，还了伞之后，还能再见到人吗？做人啊，要懂得欲擒故纵！"

"姐姐，我不会！"

"你跟着我学就是了！"

"那姐姐要赔我一身衣服！"

白素贞看了看小青，说："赔？你做人就为了穿一身衣服？那你做人为了什么？"小青转了转眼珠，说："我做人啊，就是为了变成一条蛇吓死许仙！"

开着玩笑，青白二蛇在嬉笑的莲步中，走向了集市。

人群熙熙攘攘好不热闹。白素贞看着百姓都朝着县衙的方向跑去，便问小青："出了什么事情？"

小青看了看前方，连忙问身旁的老阿婆出了什么事情。老阿婆说："前几天，县令不慎落水，被许大夫给救了，衙门的人怀疑是许大夫蓄意谋害县令，这会儿正在当街殴打许大夫呢！"

小青吓得将手放在了唇间，看着白素贞心生胆怯。白素贞紧张地拉着老阿婆的手，问："老婆婆，是不是保和堂的许仙许大夫？"

"可不是么，许大夫宅心仁厚，救了县令，却被冤枉，真是造孽啊！"

白素贞狠狠地看了小青一眼，说："都是你啊，办事不力！"说罢，随着人群朝着衙门的方向快步走去！

衙门口，围观的人络绎不绝，大家议论纷纷。只见许仙躺在地上，已被衙役拷问得遍体鳞伤。尽管如此，许仙还要在衙门口被示众拷打，以儆效尤！

小青看到这一幕，说："岂有此理，这些狗官，太不本分！"

"小青切莫轻举妄动！"说罢，白素贞暗中伸出含苍指，一道暗光将许仙护住。"你先在这里护住许公子，我进去看看！"

白素贞以隐身术遁入县衙，一路寻至后院来到了县令居住的地方。白素贞见四下无声音，便潜入库房，不料库房的金银珠宝不计其数。白素贞摇了摇头："一个钱塘县令，如此富贵逼人！"

此时，库房忽然传出一声："是谁？"

白素贞瞬间顺着梁柱绕上了房梁，躲在房梁上的她看到在库房一角，一只半人半妖的蟾蜍精正在吸食金银珠宝疗伤。白素贞狐疑："衙门重地，怎么会有蟾蜍精在此！"

"好你个蟾蜍精，竟然躲在县衙的银库收刮民脂民膏！"蟾蜍精抬头一看，见一个白衣女子坐在梁上，蟾蜍精说："你是神是妖？为何多管闲事！"说罢，从嘴里吐出一枚铜钱暗器，不等射到白素贞面前，白素贞甩出衣袖，铜钱便嵌到木梁上。蟾蜍精有伤在身，不是白素贞的对手，三两招就被白素贞打得手脚并用，不知如何躲闪。

蟾蜍精知道此刻不宜打斗，一阵风吹来，跳出窗外。白素贞顺着梁柱蹿了下来，紧紧地追着蟾蜍精，奈何这蟾蜍精过于狡猾，一溜烟就不见了踪迹。白素贞东寻西觅，只听见从小院传来丫鬟的声音："老爷，您醒了！"

老爷从院里走了出来，身穿补褂，胸前的徽饰透着一团官气，白素贞明目细看，并没有什么不妥，便走出了衙门。

衙门口这边，依旧是衙役们在教训着许仙。

"许仙，这是我们县令夫人给你的教训，日后再做帮狗吃食之事，定不饶你！"白素贞听到衙役振振有词地教训着躺在地上的许仙，伸出含苞指分别隔空朝着几名衙役点了几下，只见衙役如同丧家之犬一样，嗷嗷待叫，惹得一旁看热闹的百姓捂嘴偷笑。几个衙役见情况不对，窜回了衙门。

人群散去之后，白素贞扶起许仙，半昏半醒的许仙神智不清，眼花缭乱的他看眼前的这位姑娘似天仙又似白姑娘，喃喃自语地说："我不是在白姑娘的府前看到县令的，这跟白姑娘无关！"

白素贞听到许仙这等说辞，甚是感动，心中也有几许惊愕，她看着小青，小青知道自己把事情办砸了，满脸绯红，不敢直视白素贞。

二人把许仙带回了白府，白素贞为许仙擦拭着脸上的伤。

廊下的小青拿着扇子，心不甘情不愿地看着药炉子里的文火，嘴里唠叨着："明明可以挥手一变，非要亲力亲为，简单之事复杂化，做妖的限制多，没想到做人的规矩更多!"白素贞趴在窗前，听着小青的抱怨，把手中的团扇扔给了小青。小青一把接住团扇，见白素贞两眼直直地看着自己，说："姐姐，怎么走路一点声音都没有?"

"做人啊，要幽娴贞静，动静有法，你以为跟蛇一样就可以了吗?"白素贞一边说一边顺着门窗走到了廊檐。

"我听着头都大了，明着是正经，其实是假正经，背地里就是不正经。姐姐我就不明白了，我们好好的，变幻成人，不就是为了自由么，为什么现在非得受人间的规矩?就像这受伤的许仙，我们度一口气给他，他的伤就好了，为什么还要架炉生火，抓药熬药，简直是麻烦死了。有这工夫，我都不知道可以做多少事情！"

"如人饮水，冷暖自知，如果凡事都要简化，哪来什么大道？我们为什么要修行，修的不仅仅是法，而是更像个人。做人啊，凡事都要亲力亲为！"

"拿着伞不还，你说这叫欲擒故纵，明明可以简单，你却不厌其烦，还说什么亲力亲为！我只知道我们蛇蜕皮的时候需要亲力亲为。在修行上，论灵性，我们和狐仙都要比其他生灵有得天独厚的优势，为什么做人却千篇一律，那还有什么意思？"

"万物根本是什么？是人啊，既然你贡高我慢，幻化成人岂不是可惜了你的得天独厚？天外有天，人外有人，你可别才多识寡。"

小青本想再争辩，不想白素贞抢了话："让你料理县令，这点芝麻小事都做不好，妖都比你强！"白素贞一把从小青手中夺下扇子。

"你这是让我扇，还是不让我扇？"

"风扇扇风，风吹扇，扇动风生，现下廊中起风，你还要这扇子做什么？你啊！"白素贞弯下腰指了指小青的头，接着说，"正经的心不好好用，不正经的心倒是无数个理由，旁逸斜出！"

说罢，白素贞听到许仙在屋内咳嗽，白素贞轻轻地说："许仙醒了，不要再说了，赶紧把药端进来！"

坐在床榻一旁的白素贞看着昏昏迷迷的许仙。许仙在昏与醒边缘挣扎，在许仙的意念中，他仿佛看到了白姑娘，神智不清地说："白姑娘，天要下雨了，记得带上伞！"

白素贞听到这席话，如坠烟海，登时心慌脸烫的。这时候小青端着药碗，说："姐姐，药来了！"白素贞心头一紧，被这突如其来的声音给吓到了，忙责备："小青，怎么走路一点声音都没有？"

小青重复一遍刚刚白素贞的话："做人啊，要幽娴贞静，动静有法。"白素贞被小青的话塞得哑口无言，一把夺过小青手中的碗，面向许仙，不曾言语，用勺子搅拌着汤药，喂给了许仙。

"姐姐……"小青试探地叫白素贞，白素贞低头不语，小青接着叫，白素贞斜视着小青说："你牙疼啊？"

"我牙不疼，我怕我气得姐姐心疼!"小青哄得白素贞有气无处使。

小青看了看躺在床上的许仙，又看了看白素贞，所谓旁观者清，便说："姐姐，你这欲擒故纵久了，早晚有一天会彼此消磨殆尽。"白素贞看着小青，不明白她在表达什么。

"姐姐，你不说，小青我也看得明白，你我为何厮混这人间苏杭，还不是观世音菩萨的指点? 姐姐，你既然一心想做人，你就要知道做人的代价。我小青不是抱怨在这人间做人麻烦，而是我怕你有朝一日会被人间消磨殆尽。你我本不属于这里，只要我们潜心用功，有朝一日便会披星戴月遨游三界，而不是堕落，走了旁门左道。这人间，就是一个大染缸，掺杂在其中的都有一个缘法。就像这男女之事都是蜂媒蝶使，奈何你我女流之辈，更是瘦影疏枝，这等人间花好月圆之事，也没这个时机啊?"

白素贞被小青的这番话讲得怃怅不安，小青拉着白素贞的手说："姐姐，我知道这事你不好意思主动，但是这几天我看着你为了许仙，无心修炼，神魂颠倒，再这样下去，恐怕深陷空有无宗，法身藏识俱散的地步！"

白素贞听闻这席话，如坐针毡，诺诺地说："我自有千年定力，人间奈何不了我！"

小青摇摇头，看着窗外说："风动云动，神都能思凡，更何况你我还是妖。人间，是一个说不清道不明的地方。姐姐，你我这样不人不妖地混在人间，不在本位，早晚有一天会出问题的，你需要跟许仙早下结论。"说罢，从袖子里取出了三张纸条，这是早先小青背着白素贞，在庙里为白素贞求的签。

白素贞打开第一张签：千年花开月难明，断桥空度红鸾星；幸有人间天堂在，一把雨伞雷峰影。

读到"一把雨伞雷峰影"时，白素贞反复揣摩，不明所以，却仿佛置身其中。

白素贞打开第二张签：自剪芭蕉写佛经，人间有情在杏林；十万雪花清知府，法海茫茫须镀金。

白素贞想到在衙门库房里遇到蟾蜍精，再看这支签，觉得一语成谶。

白素贞打开第三张签：因荷而得藕，有杏不须梅；

撑伞雨未来，仕林登新科。

读完第三张签，白素贞说："有句无韵，有物无景，有果无收，有伞无雨，有官无侯，分明就是一张烂签嘛！"

"姐姐，这签上不是说得清清楚楚、明明白白的吗？你现在和许仙天缘成佳偶，却无媒红，这是你在人间需要历的劫，虽然我小青不懂其中的奥义，但是我却比你清楚，现在你有伞，还怕没人吗？况且这'人间有情在杏林'不就是指许仙么？"

白素贞迟迟地说："这……"

小青看了看挂在床头的那把油纸伞，点了点头："自伞自度。"白素贞缓缓地走出了房门，若有所思，此刻的心情，一如她当年在青城山冲出山洞一样患得患失。白素贞自诩千年修行，不曾想有些事情，竟然还没有五百年道行的小青洗眉刷目，心明眼亮。

雨打芭蕉，究竟是风也萧萧，雨也萧萧，白素贞彻夜难眠，站在廊前，对着夜雨发呆。小青趁机到了许仙的厢房，看了看已经康复且待苏醒的许仙。小青伸出雨润指，一道绿光从许仙的额头进入，这是小青在为许仙疗伤，她知道白素贞不同意以仙法在人间行走，所以才出此下策。

好雨如帘风如扇，吹得幔帐微微飘动，小青把房内的灯给熄灭了，只有廊下微弱的灯光渗透了进来。忽然县令带人夜闯白府，排查盗库银的盗贼，躺在床上的许仙一下被惊醒了。许仙通过门缝看到这些衙役四处搜查，翻得是一塌糊涂，许仙心想："糟了糟了，我怎么会睡在白府，这夜深人静，我未娶白姑娘未嫁，万一被人给发现了，岂不是白白玷污了人家的名声吗？"许仙偷窥着门外的动静，只见白素贞和小青站在一旁惶惶不安。没想到这县令老爷赃物没搜到，倒是对白素贞起了贼心，并且动手动脚，白素贞几番回避，奈何这些衣冠禽兽愈发嚣张，许仙一着急，便冲了出去。县令一见白府还住着无关男子，便嘲笑白素贞："好你个水性杨花，暗里藏人的白素贞，竟然做这种偷人之事！"

白素贞吓得连忙跪在地上向县令解释，县令问："既然你们是清白的，我问你，你和许仙是有媒妁之

43

言，还是父母之命？如果是媒妁之言，孤男寡女的不算是败坏风气，如果是父母之命，本官倒也不追究你们!"白素贞摇摇头，欲哭无泪地看着许仙，吞吞吐吐不知道如何接县令的问话。跪在地上的小青偷偷地扯了扯许仙的衣服，轻声地说："许公子，这种事情你让姐姐如何开口，你一个大男人的，倘或是真心喜欢姐姐，赶快替姐姐回答了!"

许仙在千钧一发之际，说："禀告大人，许仙……"许仙犹豫再三，又把话给咽了回去。小青万般着急，说："许公子，快说啊，姐姐今后的一切全凭你一句话啊!"

许仙看了看白素贞，深深吸了一口气，说："大人，许仙和白姑娘是有媒妁之言。"

县令问："可有定情信物?"

许仙想都没想，说："定情信物也早就给了白姑娘!"

"口说无凭，定情信物在哪里?"

"就在房里，是那把油纸伞，伞柄上还刻着许字!"许仙看了一眼白素贞，又立马闪躲。这时候小青取出了那把油纸伞，没想到县令命人把油纸伞给毁掉。许仙起身准备夺回油纸伞，被衙役一把推倒在地。

"不要撕我的油纸伞！"许仙忽然从床上摔下来，趴在地上，才发现原来是一场噩梦。刹时，夜空中一道闪电，外面的雨下得更大了。梦中的一切都是小青在施法。正所谓日有所思，夜有所梦，许仙看了看四周，异常陌生，看到桌前的那把油纸伞，许仙知道了出处。

只听见门外小青的一声呼唤："姐姐，外面雨大，当心着凉，我去给你找把伞！"

许仙听到声音，拿起雨伞，二话不说地冲了出去，只见外面并无小青，许仙以为是幻听，正准备走进屋里的时候，忽然发现不远处，廊下的白素贞正在对着芭蕉发呆，任凭斜雨飘进也毫无反应。许仙斜打着伞从廊下走过，在白素贞的后面，斜撑着伞挡住飘进廊下的斜雨，说了一句："白姑娘，夜雨清冷，当心着凉！"

白素贞缓缓地转过身，看着许仙不语，躲在暗处的小青伸出泛波指，只见许仙脚底一滑，和白素贞一起滑倒在芭蕉叶下，二人颠鸾倒凤。看到这一幕，小青捂着嘴坏笑，然后离开了。

第三回

杏林春暖

草长莺飞，盈盈春水，春光乍泄春日短，此刻的人间已经悄然进入夏季。自从许仙与白素贞喜结连理之后，便向保和堂告假半月。尽管是新婚燕尔，白素贞也没有闲着，而是背着许仙，让小青在外置办了一家药铺。

　　找伙计，请掌柜，采办药材，小青能想到的全都想到了，唯独看不懂药材的采办单，纵然小青有五百年的道行，这杏林中人的字，龙飞凤舞实在让人看着头疼。小青索性多出银两，请了几位伙计和柜上的师傅协助办理。小青眼见着手上的钱快要花完了，她灵机一动，便想到了衙门的库房，待夜深人静时，她蒙面闯入了县衙。

　　正在寻找库房的小青，忽然听到有女人的哭声，小青飞到了屋檐上一探究竟，不想是县令和他的夫人在争吵，小青心想："这狗官，命真大！"

屋内传来县令夫人的哭啼声："老爷，当初你命在旦夕的时候，是我一手帮你治理了许仙，我一个妇道人家，除了心里有你，绝无二心，可老爷你现在像是变了一个人，对我们母子不闻不问，百般冷落，究竟为何？"

小青听到这席话，心里骂道"活该！"。本来小青想出手教训这对狗男女，但是忽然想到此行目的，不宜节外生枝，便从屋檐绕了下来。小青开了法眼，隔墙看物终于找到了库房的所在。

进入库房，满箱子的金银珠宝，让人眼花缭乱，小青随便翻开都是奇珍异宝。在库房的一角，有一个被上了锁的箱子，小青伸出浮番指，一道青光便把锁打开了。小青看了看木箱，打开一看，里面全是账本，小青把账本一一翻开，不想里面记录着每年朝廷的拨款和所贪污的数额。

"尔俸尔禄，民脂民膏，下民易虐，上天难欺！今日让我小青知道你这狗官如此贪心，日后看我如何收拾你！"说罢，小青从袖子里取出乾坤袋，一箱金银珠宝悉数进入了乾坤袋，小青顺道拿了几本账簿。正欲离开的时候，忽然银库的四面泛起了金光，没想到这里早就布下了金光阵，一旦有妖魔闯入，便会伏法。小青幸亏闪躲的快，她幻化成了一条小青蛇，躲进了木箱里，但是此时的小青已经被金光刺伤。

正在刺绣的白素贞，忽见面前的油灯闪烁不停，但这四下并无起风，白素贞心头一紧，料想出事了，她急忙掐指寻纹，算出了小青有难。

白素贞四下看了看，一转身飞了出去，从廊下经过的许仙，忽见一个白影闪过，定了定神之后，这白影又没有了，许仙自言自语："莫不是我看花了眼?"他看了看自己手中的点心，便说："花眼不打紧，可别耽误了给娘子做的点心！"

县令见银库有动静，立马调兵遣将，将银库四周包围得水泄不通，这些官兵手上拿的倒不是刀枪，而是降魔杵、菩提念珠和能让妖魔现出原形的佛前香灰。穿着官服的县令，让官兵将香灰铺满四周，只见香灰上泛着青光，那是小青的灵气正在消散。看到这青光，县令也吓得不敢靠近。

躲在树上的白素贞，看着眼前发生的一切，手足无措，她知道这些法宝的厉害，也不敢贸贸然靠近。她忽然想起当年菩萨赐给她的六滴甘露，但是菩萨也交代了她，不到万不得已的时候，千万不要轻易使用甘露，以免行走人间，妖气泄露，会陷入被动。

眼下情况紧急，也不容白素贞多加犹豫。她正准备从六根处取一滴菩提甘露应急时，忽然树下有人的声响，原来是有人如厕，白素贞连忙回避，这时候猛然想到了办法：一切法宝，最怕污秽之物。

白素贞得意地笑了，在心中思量着：我怎么忘了这些？

白素贞泛起雨润指，仆人的溺溲化成了一阵瓢泼大雨，从天而降，只见县衙射冲斗府的金光渐渐消散，白素贞又吹了一阵风，将檐下雨水无法淋到的香灰，尽数吹散。

雨水淋在官兵们的身上，一股刺鼻的尿骚味扑面而来，官兵们纷纷捂着鼻子，各自散开躲进了屋里，县令见此不对，也连忙抽身。

被破了法的金光阵，自然是奈何不了白素贞，但是险些伏了法的小青，已然是功力全无，无法化作人形。白素贞隐身进入银库，看到地上有小青的乾坤袋，便捡了起来。白素贞四下看了看，说："小青，快出来吧，姐姐已经破了他们的阵法！"小青从木箱里爬了出来，碧绿色的蛇身已经光泽全无，白素贞一挥袖子，不想小青受伤太重，一般的法术疗伤毫无作用，白素贞打开衣袖，让小青爬进袖子里。

"好你个妖孽，竟然纵容青蛇在人间肆意妄为，看我今天不把你打得魂飞魄散，为人间除害！"白素贞听到屋顶上传来声音，便说："好，那就看是我魂飞魄散，还是你原形毕露！有本事跟我来，手底下见真招！"白素贞化作一缕白烟，飞到了人迹罕至的西湖一角！

那说话的人现出了身形，白素贞看了看，说："我当是谁呢，原来是你啊，几次聒噪，我都放过你了，没想到你还有这通天的本事，竟然对小青下手，看我今天不打得你现出蛤蟆原形！"话刚落音，白素贞掷出一条白绫，飞到了蟾蜍精的面前，蟾蜍精已然是伤势痊愈，三五招就把空中绕来绕去的白绫给缠到了树上，并且得意洋洋地说："就你这绣花的功夫，还不如回去做我的夫人，同我双修，赛过神仙！"

白素贞听后娇滴滴地说："好啊，你过来！"

蟾蜍精这下手舞足蹈，收了手中的拂尘，拍了拍褶皱的衣服，凌波微步凑到了白素贞的面前，正准备用手摸白素贞的脸，然后将其制伏，不想被白素贞反掌扇了一脸，顿时脸上热辣辣的。蟾蜍精甩出拂尘，在空中化为一把利剑，说："好你个不知天高地厚的，我把你打出原形，看你究竟是何方妖物！"

只见剑锋已经削向了白素贞的腰间，蟾蜍精抖动着手腕，宝剑倾斜，不等剑挥到老，瞬间一把宝剑幻作无数剑雨。白素贞左手舞着蝶损指，右手摆出陨霜指，只见平静的湖面瞬间激起了水花，水花形成了无数把碧绿的水剑，竖剑挡格。双方的剑迎面相击，二人的剑法极为老练，不分伯仲，蟾蜍精的剑法出类拔萃，白素贞的水系法术更是登峰造极！白素贞一招拆了蟾蜍精的法术，蟾蜍精见势不对，剑诀一引，宝剑又化作了拂尘，拂尘在湖面上划了一道水障，白素贞的水剑被水障消融。

蟾蜍精得意洋洋地说："这叫同性相融，小娘子，你我都是修道之人，可谓是天造地合，为何在此参辰卯酉，岂不浪费了你我千年的修行？"

"你我道不同不相为谋，你旁门左道，入了偏门，我有朝一日飞升正果，岂是癞蛤蟆和天鹅相提并论！"

"做你的春秋大梦去吧，什么正果飞升，全都是道貌岸然，虐欺众生。高堂之上，都是乾坤颠倒！"蟾蜍精一听白素贞飞升正果的妄想，便勃然大怒。白素贞见蟾蜍精也懂水系法术，虽然还未达到无出其右的地步，但在妖灵中也算是拔丛出类。白素贞担心这样打斗下去，会误伤西湖的生灵，便冰封西湖，使得蟾蜍精无法纵水。蟾蜍精见湖面被冰封，只能真招相对，向前跨出几步，剑在空中转圈，剑心的寒光直逼白素贞眉心。白素贞绕过了剑心，剑又绕了回来，雄黄宝剑从白素贞的袖中甩出，剑身砍向了蟾蜍精的宝剑，只见一声响，宝剑化成了拂尘，掉落在湖面上。

蟾蜍精气急败坏，从空中落在了湖面上，趴在已经被施法的寒冰上吸气，两腮涨得鼓鼓的，忽然一团戾气吐出，直接射向白素贞，白素贞眼疾手快，雄黄宝剑劈向湖面，只见巨大的冰块挡住了戾气，瞬间冰块消融，白素贞立马打开乾坤包袋，将戾气收入乾坤袋中。

双方的情况已经是剑拔弩张，白素贞左手翘起泛波指，右手将雄黄宝剑飞出，雄黄宝剑直逼蟾蜍精，没想到蟾蜍精瞬间现出半截金身，将雄黄宝剑击落。白素贞不可思议地看着蟾蜍精："半截金身，未成正果竟然敢渡金身，冒着天谴修习禁术你就不怕遭反噬？"

蟾蜍精见这样打斗下去也不是办法，故意放狠话说："我只不过是比你提前看明白所谓的天谴，今天我念你我是同道中人，不跟你计较，他日再做阻拦，我定当取你性命！"说罢，化作一团黑烟消失了。

白素贞匆匆忙忙回到家中，刚开门，便见许仙披着衣服打着灯笼走来。许仙见到白素贞，急切地问："娘子，你这是刚回来，还是准备出去？刚回来，这么晚了你去哪里了？准备出去，这么晚了，你要去哪里？"

白素贞支支吾吾不知道找什么理由好，她尴尬地看着许仙，眼神闪躲，脸上的笑也显得不阴不阳。许仙凝视着白素贞的表情，说："娘子，怎么你脸色这么难看！"

"哦，这天闷热且潮湿，我刚刚出去透透气，没想到这一会儿的工夫就显得有些乏累了！"许仙听白素贞这么一说，扶着白素贞的手，说："刚刚我给你准备点心，不一会儿的工夫，你竟然消失得无影无踪，都这会儿了，点心肯定都凉了，这点心趁热吃才养人，我再去厨房给你热热！"白素贞立马点点头。

白素贞看着许仙走进厨房，连忙去往后花园的假山后，将盘成一团的小青从袖子里拿了出来，一手伸出映日指，指向小青，一手摆出吐蕊指，指向空中明月，口里念着咒语："灵真应妙，犹月行空，清净无碍，圆满自足，明月之心，度我真灵！"月光随着咒语，从白素贞的指尖度到了小青蛇的身上，不一会的工夫，小青通体晶莹澄澈，生机远出，虚华知三昧，灵明耀如真，在白素贞的指月疗伤下，小青又恢复了人形！

趴在地上的小青，捏了捏刚刚伤愈的肩膀，缓缓地从草丛中起身，一转身，周身精气也精警凝练，犹如千江水、月中天一般。小青欠了欠身子，说："小青再次谢谢姐姐救命之恩！"

　　白素贞扶着小青，说："你我是姐妹，无须客气！"

　　"姐姐救命之恩，小青日后赴汤蹈火，也在所不惜！"

　　"对了，小青，我不是派你去置办药铺和采办药材么？怎么你会陷入县衙的银库，险些丧命呢？"

　　"姐姐，你不说这个还好，一说这个我就来气。我手头上的银子这不有点紧么，我想着寻常百姓人家的钱来得不易，便想到了县衙这个藏污纳垢的地方，没想到这个狗官在此设法。"说罢，小青摊开手掌，变出账簿，白素贞翻开一看，全都是私扣朝廷的拨款记录。白素贞看着这些流水的账目，惊恐的双眼犹如灯笼一样明亮。

　　小青看到白素贞衣袋上系着乾坤袋，喜出望外地说："太好了，姐姐竟然把乾坤袋也拿了回来！"小青正准备打开袋子，白素贞说："小青，切莫打开宝袋?"

小青狐疑地看着白素贞，白素贞说："我刚刚救你的时候，途中跟蟾蜍精打斗，没想到他竟然修习禁术，已得半截金身。在和他斗法的时候，他口吐千年戾气，幸亏我反应快，拿出乾坤袋，才把那射出的戾气收裹起来，一旦流向钱塘百姓人家，必定天下大乱!"

小青甩了甩袖子，说："这个蟾蜍精到底和县令是什么关系，一个区区的县令，好歹也是人间封的官，竟然跟一个妖孽厮混在一起为祸人间，这究竟为何?"

白素贞抬头看了看明月，几次掐指，都算不出所以然。白素贞叹了一口气："不知道为何，我竟然以手捏目，却没有头绪，譬如雁过长空，影沉寒水!"

"雁过长空，影沉寒水? 姐姐，这是什么意思?"

白素贞摇了摇头，皱起了眉头说："雁无遗踪之意，水无留影之心，我能观和所观之事全然泯除!"说罢白素贞长叹了一口气，小青翘起手指抚在唇间思忖着，然后问："姐姐千年修为，也无法识破其中吗？"

白素贞再次看着天上的明月，定了定心，然后掐指巡纹。但片刻后她泄气地将手一甩，说："哎！梦幻空花，何劳把捉；得失是非，一时放却。即便是我收伏心性再算，也是眼翳之人误认有第二月，皆无实体！"

这时许仙提着灯笼，忽然在假山后面，语出惊人地问："娘子和小青在这里聊什么，什么第二月，那不是天有异象么？"

小青和白素贞瞬间张皇失措，她们二人竟然没有察觉到许仙的来临，同时白素贞听到"天有异象"四个字也是惊恐万状。小青看出了白素贞恍惚的神色，便上前出面化解尴尬，故意泼辣地说："我跟姐姐说说体己话，你倒过来听墙根！"

许仙挑了挑眉毛说："哦，原来小青姑娘是动了明月之心，你还瞒着我做什么，都是一家人，有什么不好意思的！"

小青气得一甩袖子，接连说了三声"你"之后，舌头就像是打了结，不知道如何反驳。白素贞背后拉了拉小青的衣袖，示意不要当真，小青会意过来，理屈词穷地说"要你管！"，说罢，便故意生气离开。

第二天一早，许仙便收拾了一番，刚刚洗漱好的白素贞好奇地问："官人，这么早，你这身打扮，是要去哪里？"

许仙拉着白素贞的手说："娘子，我许仙不知道前世修了多少功德，今生才能娶到你这等贤良之人，想我一介穷小子，能得娘子的明月之心，我已然是感恩戴德。但是我不能这样耗着，毕竟我是男人，我需要去药馆行医问诊，日后才可以给娘子提供更好的生活，所以，我决定今天就去药铺！"

白素贞笑了笑，说："官人莫急，前几日，我已经知会小青去保和堂同吴员外辞去你学徒的身份了！"

"娘子你这是欲意何为？"许仙瞪大眼珠看着白素贞，白素贞看了看窗外说："另立门户，开堂问诊！"

"另立门户，我许仙一介穷小子，哪来这些钱置办药铺，娘子你是嫌我许仙一无长物，是在旁敲侧击吗？"许仙显得有些不太高兴，白素贞拉着许仙，示意他坐下。白素贞给许仙倒了一杯茶之后，说："早年，我也曾在巴蜀名山学医道，拜过海上名师。相公济世活人，而我也曾发愿济世活人，官人有此本事，你我何不联手杏林春暖，橘井泉香？这双璧生辉的美事，也是在为许家积功德！"

"娘子，话虽如此，这开家药铺，对于我许仙而言道阻且长，不切实际啊！"

白素贞摇了摇头，叹了一口气，说："我这几日见官人时常发呆，每每闲聊，欲言又止，便知官人有难言之隐。关于开药铺的事情，官人无须担心，我已经让小青安排好了，铺上的掌柜和药材的采办都已经准备妥当，就等官人给起个名字，择日开张！"

就这样，许仙在稀里糊涂的情况下，跟白素贞争执了许久。早间，小青提着篮子，同白素贞和许仙出门赶集，白素贞径直地把许仙带到了新开的药铺店面，伙计正在柜前整理药材，白素贞拉着许仙说："官人，你看，这就是我们的药铺！"

许仙不可思议地四处打量。店铺的伙计见到小青，客气地打招呼，小青说："这就是我们的东家许大官人！"

伙计们纷纷向许仙拱手高举，许仙尴尬地点点头，显然有些不适应。许仙看堂前挂着一幅画，画中是苏耽苏仙翁，画的两旁写着"橘井泉香芳四溢，杏林春暖燕双飞"的对联，顶上的横匾是"悬壶济世"。这书法作品深得晋人韵味，笔法可谓是直追二王。

小青上前跟许仙打招呼，没想到正在发愣的许仙还没回过神，小青用手在许仙的面前划了划，说："青天白日的，许大官人还在苏州呢？"

白素贞不明白小青表达的意思，小青笑着说："姐姐有所不知，我们这里说在苏州，言外之意就是要么在睡觉要么还没睡醒。你看许大官人的这副模样，像不像是在苏州？"说罢，白素贞笑了笑，说："你啊，这张嘴真是皮！"

许仙感叹道："娘子，你和小青这简直就是神速啊，这么快就把药铺开起来了！"

一旁的小青打趣说："姐姐每天都在为药铺悬心，这可累得我七寸都快要断了！"

"七寸？青姑娘你亭亭玉立，怎么把自己的腰说成了蛇腰!"许仙忍不住一笑，小青为自己的语言唐突感到尴尬，然后理直气壮地说："古书上不都是形容我们女人的腰是水蛇腰，我说七寸多好!"

许仙一时没绷住，竟然捂着肚子仰天而笑。小青气得双手捏紧拳头，只想揍许仙，奈何又拿他没有办法，只能泼辣地甩出了一句："要不是你这个银样镴枪头，我小青至于累得语无伦次的么?"

白素贞听到小青话语中的嘲讽，立马上前阻拦，然后走到许仙面前，说："官人，你要为我们的药铺取个好名字，也好择吉开张啊!"

许仙说："救人济世，拔出苦难，保君平安，我们的药铺就叫'保安堂'如何?"

白素贞细细地揣摩着"保安堂"三个字，眼中泛着光，甚是满意。

翌日，艳阳高照，保安堂门前鞭炮齐鸣，人山人海。新药铺开张，保安堂义诊三天，父老乡亲奔走相告，昔日三灾八难的穷苦百姓都来保安堂会诊。

街坊邻居，认识许仙的，个个都惊讶许仙是捡了一个大便宜，娶了一个如花似玉的天仙老婆不说，一个穷小子还开了一家这么大的药铺。

做事的，忙得是披头散发；闲聊的，说得是没头没脑。

小青看着药单，不知道从何看起，埋怨道："这字写得龙飞凤舞的，哪里是什么药单，分明就是鬼画符嘛！"

"青姑娘，咱们杏林中人的字，都是这个模子写出来的，你看不懂也是情理之中，还是交给我吧，你到后院帮忙看着药炉子上的火！"掌柜接过小青手上的药单。

后院煮药房的人少了很多，小青拿着扇子歪在一旁，有气无力地扇着炉火，嘴里唠叨说："姐姐放着神仙不做，倒有模有样地过起了人的生活，以前以为人有多好，现在才知道人有多麻烦。"

"小青，你又在说什么？"忽然一包药扔到了小青的面前，小青一抬头，看到是白素贞，连忙起身解释："没有啦，我就是过过嘴瘾，发发泄，难不成你让我把许仙打一顿，才使出我浑身没地儿使的力啊！"

"贫嘴！"接着白素贞说，"这是柜上徐大伯的药，切记，一定要用文火炖！"小青笑着说："姐姐，你现在活得越来越像个人了！"

"还贫嘴，当心我打你啊！"院外传来了许仙叫喊"娘子"的声音，白素贞立马出去相迎，小青摇摇头，说："许仙啰嗦，姐姐更加腻歪，这真是嫁鸡随鸡，妇唱夫随，难不成夫妻相就是这样来的！"

白素贞看着满头大汗的许仙说："官人，是什么事情，让你满头大汗？"

"娘子，庭前来了一家人，小孩子腹泻得严重，我怀疑有中毒的迹象，娘子是这一方面的能手，还是请娘子前去一看究竟！"

白素贞听闻，立马随许仙到了铺上，此时一红衣女子映入白素贞眼帘，她头上的玉钗一碧万顷，绝不是寻常之物。白素贞上前周全，小心翼翼地留意着红衣女子的举手投足，一边给小孩子把脉，一边暗中观察着红衣女子的指甲，只见那指甲光泽如同鱼鳞一般。

白素贞说："令郎有中毒症状，需要到后院行针灸之术，方可把胸中毒血排出！"白素贞抱起小孩，只见红衣女子和她的丈夫也准备跟着进去，白素贞立马阻拦红衣女子的丈夫，红衣女子安慰自己的丈夫说："段郎，我和许夫人一起进去，你不用担心！"

进到后院房间，白素贞把小孩子放置在床上，然后对红衣女子说："借你头上的玉钗一用！"说罢，准备用手去取玉钗，没想到红衣女子连忙闪躲。白素贞毫不客气，一挥袖子，只见门窗紧闭，白素贞说："好你个不知天高地厚的鲤鱼精，竟然敢在我保安堂鱼目混珠。"

红衣女子见机不对，立马服软跪下，说："我本是西湖底下修炼三百年的鲤鱼精游娘，不幸小儿中毒，非寻常药物可以医治。每到月圆之夜的前三日，我的法力便会消减，需要到西湖底下浸泡一夜才不会现出原形。近些时日我就注意到了你们，我知道你非同常人，所以今日抱着侥幸的想法试一试，不想还是被许夫人给认了出来！"

刚刚一阵风关窗门的动静，也惊动了小青，小青一看屋内泛着微弱红光，便知道屋内有异常。门外的小青听到屋内的谈话，立马开门说："姐姐不必动气，我和游娘是好朋友!"

"你们认识?"

游娘回头一看,竟然是小青,就像见到救命稻草一样,立马起身拉着小青问:"青姑娘,我找你找了好久了,原来你在这里!"

小青看了看床上的孩子,拉着游娘说:"游娘,你不用怕,姐姐千年修为,一定会救你的孩子!"

"姐姐? 这……"游娘上下打量着白素贞,小青说:"是的,我们都是修炼幻化成人的同类,只不过姐姐当年受过观音大士的点化,被六滴杨枝甘露封住了六根以保清净,所以寻常得道之人看不出她的真实身份!"

游娘喜出望外,立马跪在地上,乞求道:"求求许夫人救救我的孩子,他是无辜的!"

白素贞把游娘扶了起来说:"你我同属修道的精灵,不必如此客气,但是有一事不明,令郎的毒,是否被你所染?"

"我虽三百年的道行,身上的妖毒还未除尽,但是我和段郎还有我的孩子,每天相处一直都是小心翼翼。我每隔几天，都要去西湖浸泡，才可以压制我身上的妖毒，不至于过给段郎和孩子!"白素贞听后，心中或许明白了什么，自言自语说："果真不出我所料，是这个孽畜在为非作歹!"

小青迟疑不决地问："莫非你说的就是那个蟾蜍精!"

"是的，游娘的孩子就是中了蟾蜍精所释放出来的千年戾气，险些让我误以为是游娘身上的妖毒!"小青听白素贞这么一说，紧张了一番，便问："姐姐，这妖精险些要了我的性命，现在又在钱塘为非作歹，我们为何不联手铲除他?"

"谈何容易，我跟他几次交手，若不是观音大士的杨枝甘露护体，我也会命丧他手，即便如此，我俩斗法也是平分秋色，不分高低!"游娘听到这里，一声叹气，坐在一旁哭了起来。

白素贞上前宽慰："游娘，你不必担心，你就是孩子的救星!"

"救星，此话怎讲?"游娘擦拭着眼角的泪水，不理解白素贞的话。

"你头上的玉钗从何而来？"白素贞问。

　　游娘抚了抚头上的玉钗，说："白娘娘好眼力，这是两百年前，钱江水患，龙王三公主前来治水，不小心将玉钗掉落在西湖里，恰巧被我拾到。说来也神，自从有了这个玉钗，我仅有百年的修为，便可以退鳞为肤，化尾成腿，行走在人间。但是我修为尚浅，虽然知道这玉钗有助我修行，但是还没有掌握这其中的玄机。"

　　白素贞指着这玉钗说："这玉钗出自龙宫，可以呼风唤雨，还可以使浊水变清，蟾蜍精的千年戾气就是来自湖底，只需这玉钗在令郎的发间一束，不出一夜的功夫，令郎的戾气就会被玉钗净化。"

　　没有了玉钗的游娘法力寻常，游走在人间极为危险，月圆之夜，在小青的护送下，游娘化作鲤鱼，在西湖里吸取水泽灵气，净化妖毒。而白素贞这边，借助月光，给玉钗再度施法，挥袖采集了一些月光，撒在了游娘孩子的身上，然后默念咒语，将玉钗在孩子的胸口绕了三圈，随后束在了孩子的发间。

　　忙了一天的许仙酣然入梦，白素贞去了佛堂礼佛，在观音画像前，白素贞虔诚合掌，袒露心扉："弟子白素贞，承蒙大士照拂，方有今日造化，可是来人间历劫，不想遇到千年蟾蜍精，身藏千年戾气，并且已有半截金身镀身，弟子恐蟾蜍精他日祸害人间，一时不知如何是好，万望大士明示弟子。"

三炷清香，青烟直上，画中的观音头顶金光，说："阿弥陀佛身金色，相好光明无等伦，超出一切人天、声闻、缘觉、菩萨的大救度根源。若无智慧、慈悲、神通、辩才的功德，即便是修得半截金身，那也是诸相非相。白毫宛转，绀目澄清，上山入海八万四千由旬，知法海茫茫，我当年赐你柳头甘露水，就是让你有朝一日腥膻垢秽尽蠲除，你可知其中的妙处？"

白素贞听闻菩萨开示，紧接着问："菩萨，弟子还有一事不明，这蟾蜍精来无影去无踪，钱塘人海茫茫，我如何能够查清楚他的下落呢？"

观音大士说："你只需要到那无我相、无人相、无众生相、无寿者相的地方去寻找，必定会找到蟾蜍精的下落。"

"弟子不明，万望菩萨明示！"

"天机不可泄露，明心见性悟大道，明镜高悬在人间，日后你自然会明白的。"

观世音菩萨的一通话，让白素贞若有所思，她看着云中的圆月，想到了游娘头上的玉钗，脑海里浮出观世音菩萨的那句"阿弥陀佛身金色，相好光明无等伦"，又想起了那晚蟾蜍精的半截金身，犹如镀了金的佛像，白素贞似乎明白了什么。她自言自语道："诸相非相，难道这蟾蜍精附在了人身上，让我一时难以察觉，但是他千年的戾气甚是明显，这又如何躲藏呢？观音大士为何又说天机不可泄露，明镜高悬在人间呢？人间何其之大，明镜高悬又能照见多少呢？"

白素贞依旧是没明白观世音菩萨的点化。

保安堂开业，有很多药材的小贩上门卖药。这日，一位山上的猎人来街上赶集，路过保安堂，便走了进去。许仙看见猎人，便上前迎客，问道："这位仁兄，你是为哪家办事？"

猎人将麻袋和背上的竹篓放在地下，说："我不是过来看病的，而是卖给你们药材的！"说罢，猎人打开大麻袋，麻袋里有上好的灵芝、晾晒好的金银花以及龙葵和人参。白素贞见猎人满头大汗，便让小青倒了一杯茶献上，一旁的许仙高兴地招手，让白素贞快来看这些上好的药材。白素贞翻开看看，果真如许仙所言，便让猎人开个价，收买这些药材。

一旁的小青看到麻袋里还有一包未拆开的袋子，便问这里面是什么，一边问一边打开，刚把袋子打开，猎人便语出惊人地说这是蛇胆，吓得小青手一哆嗦，蛇胆撒了一地。猎人立马指责："姑娘真不稳重，好好的药材，被你撒了一地！"

一旁的白素贞和小青相顾失色，许仙捡起地上的蛇胆，这一举动气得小青直跺脚。小青理直气壮地说："自古大地有妙方，为什么你要杀生去取蛇胆？"

猎人不假思索地说："蛇胆能卖好价钱啊！"

一旁的白素贞啼笑皆非，连忙阻拦小青，捏了捏小青的手，小青按捺不住自己的气性，说："你这样杀生，不怕有损阴德吗？早晚有一天你会遭报应的！"

"咦，你这姑娘，好好的生意，你要做就做，不做拉倒，凭什么光天化日的诅咒人呢，要不是看在你长得人模狗样的，看我不把竹篓里的蛇放出来，吓你个半条命！"一听到竹篓里还有蛇，小青把手放在背后，翘起泛波指，只见竹篓忽然倾倒，盖子也打开了，篓子里的蛇像剑一样，飞到了猎人的身上，三两条蛇把猎人的手给缠住了，还有一条蛇把猎人的脖子缠住。一旁的许仙早已吓得腿发软，两眼瞪得大大的，这时候的他急中生智，立马从柜上拿出一瓶雄黄，泼在猎人的身上，只见这些蛇老老实实掉在了地上。小青本想只是教训一顿猎人，见许仙拿雄黄对付这些蛇，更是火冒三丈，正准备翘起兰花指的小青，忽然被白素贞捏住了手，白素贞轻言细语说："小青，你太莽撞了！"许仙用棍子把这些蛇挑到了竹篓里，然后急忙盖住。

许仙定了定神说："大哥，这些蛇和药材我都买了，和气生财，千万别生气！"然后立马从口袋里取出银钱给了猎人，把他给打发走了。

小青气急败坏地说："姐姐，你为什么不让我好好教训一下他，也好让他知道什么是常在河边走哪有不湿鞋！"

74

目送完猎人的许仙，回到店铺，看小青的脸色不好看，便说："小青，纵然他不应该捕蛇，你也不应该见死不救啊，毕竟他是靠这个谋生的！"

小青气得拍桌子说："他靠这个谋生，你看他印堂发黑，不知道干了多少缺德事，别让我再碰到他，早晚有一天让他……"

说到这里，小青忽然意识到许仙在一旁，便欲言又止。许仙瞪大眼珠说："早晚有一天你会让他怎么了，难不成你会吃了他。你一个柔弱无骨的姑娘家，怎么跟那书中的妖精一样，脾气这么大！"

"你，许仙，你不要太放肆！"小青握紧拳头，许仙见小青做这样的动作，便摇了摇头，说："难不成青姑奶奶要揍我啊，你那花拳绣腿的，揉揉面尚可，捣药我都嫌你吃不消！"

白素贞一听许仙这席话，立马拉住许仙的衣服，拉长声音，叫了一声官人，意思是让许仙退一步。这时小青上前，怒火中烧的她看着许仙，已经心生宋太宗灭南唐之意。白素贞看着小青这番表情，急忙双手握住小青的手，生怕她妄动法术，引起风波。

一旁的许仙背起竹篓，拿起装有蛇胆的小麻袋，说："娘子，我先出去一会儿，店铺你和掌柜先帮忙看着。"不容白素贞回应，许仙便快步走出了门。

小青追着许仙到了店铺门口，见许仙跑得快，便说："不知好歹的家伙，亏得我和姐姐没日没夜地给你张罗，如今你却成了刀笔先生，左右异类的生死！"

"小青，你刚才太莽撞了，幸亏刚才客人不多，万一被客人看到，岂不是影响到我们？"

"姐姐，你再怎么帮衬着许仙，他生而为人，天生的高高在上，哪里能知道众生平等的道理。像许仙这样扶不上墙的一介凡夫，哪怕你耗费千年功力度他，他都是那不郎不秀的货色！"

白素贞看了看远去的许仙，又看着小青说："你怎么可以这么说官人呢？"

小青拉着白素贞说："姐姐，古人说'人莫知其子之恶'，父母偏袒儿女不知道儿女的缺点，但是我从你身上，算是明白什么叫做'妻莫知官人之恶'的道理！"白素贞扑哧一笑，捏了捏小青的鼻子，说："你啊，真是一个踢天弄井的孩童！"

"姐姐，许仙今日态度，就是一个预兆，现在他还不知道你我的真实身份，倘或哪一天暴露，还不知他对你我是如何的态度。今日姐姐别怪我小青孟浪之举，捞嘴招嫌，只怕你糊涂脂油蒙了心！"

白素贞言语有些不肯定，犹豫地说："官人应该不会是这样的！"

"姐姐，虎狼屯于阶陛，尚谈因果，更何况你我是修道之人，你刚刚的话，犹如蜡油冻的佛手，只是像，趁许仙现在还没走远，你我何不去探个虚实！"白素贞被小青这么一说，二人便追了去。

许仙背着竹篓，往西湖的一角走去，在人烟罕至的地方，许仙把蛇胆给倒入了花丛，然后把竹篓里的蛇放生了西湖一角的荷花丛里。躲在远处的白素贞和小青看着许仙的一举一动，只见许仙合掌，不知嘴里在念着什么。

此时的白素贞得意了起来，便说："怎么样，姐姐我千年修行，怎么可能会看错人呢？"

小青狡辩道："知人知面不知心，我这是宁撞金钟一下，也不敲破鼓三千。今天这事儿，全当是一面

77

照妖镜!"

"照妖镜?"

"是啊，看看许仙到底是人是佛还是妖!"

白素贞戳了戳小青的额头说:"你啊，夸一夸许仙就这么难吗?"

小青看着远处的许仙合掌，嘴里在念着什么，便问白素贞:"姐姐，许仙在做什么?"白素贞摇了摇头，说:"我们隐身上前，看看官人在做什么?"她们走进一听，原来许仙嘴里念着"愿以此功德，庄严佛净土，上报四重恩，下济三途苦，若有见闻者，悉发菩提心，尽此一报身，同生极乐国"。

白素贞听到这偈子，自言自语说:"莫非是他?"

"是他? 姐姐指的是谁?"

白素贞看着许仙，不敢肯定地说:"千年前，我还是一条小白蛇，一天，被猎人捕获，正当我命在旦夕，是一个小书童把我给救了下来，然后放我进了深山，才使我免遭杀劫。小书童把我放生的时候，口中也念着偈子，跟官人口中念的一模一样，也正是这首偈子的加持，才使我与佛有缘，承蒙观音大士的指点，才有今时今日的修为。"

小青不肯相信："天下之大无奇不有，相似的人和事情，在人间不停地上演，姐姐又如何能肯定许官人就是千年前救你的书童呢?"

白素贞意志坚定地说："寻常法力，需要问卜设施摸蓍方可知趋吉避凶之理，我曾拜黎山老母门下，习得一门知晓过去轮回的法术，且让我一看便能分晓!"

说罢，白素贞闭起双眼，右手摆起翻莲指，左手舞起浮番指，在二指的舞动下，白素贞以法眼观之，也就眨眼的工夫，便算出了许仙三十多世轮回。

"果真是他!"白素贞一睁眼，立马拉住小青的手，喜出望外。

欢得小青一拍掌说："原来姐姐跟许大官人的缘分，早已情定千年!"

至此之后，白素贞更是和许仙情深谊长。轩窗梳头，那一派妆罢低声问夫婿，画眉深浅入时无的画面。

转眼间，钱塘进入了雨后风凉暑气收，庭梧叶叶报初秋的季节。

秋来入夜极快，许仙在书房翻药典，白素贞庭前散步，正在陪小青闲聊。忽然门外传来了游娘的呼唤声，这声音不似寻常，而是用传音术特意传给白素贞。白素贞隔窗相望，见许仙甚是投入，便和小青一转身到了门口。

"游娘，是你啊，你怎么不进府，而是用传音?"游娘见白素贞现身，立马下跪，求道："白娘娘有所不知，以前这里是庙观，日久衰败，逐渐被当地的百姓遗忘。二位虽然用移花接木的幻术变成白府，但还是难掩这里的庙观佛光，像我这等法力低微的精灵，还是少来为妙，以免被这里的地气所伏!"

白素贞笑了笑说："这里以前原有一幅南海观音讲经图，已经被我修复，现如今设为佛堂，游娘不必担心，大可随我进去!"

游娘一听南海观音讲经图，更是不敢进入，脸色都变了，赶紧下跪，求道："游娘乞求白娘娘救救我家相公!"

"出什么事情了?"

游娘只顾着哭，连话都说不上，小青立马搀扶起游娘说："游娘，既然你找我跟姐姐，肯定是遇到了难事，哭不能解决任何问题的，赶快告诉我跟姐姐，你家相公到底出了什么事情？"

　　游娘深深地叹了一口气，自怨道："都怪我，今日让段郎去集市买桂花糕，但是日落西山，也没有段郎的任何消息。我便出门打听，不想段郎却被几名衙役给抓了起来，不知道是何缘由！"

　　小青奇怪了，便说："那你为何不去衙役搭救你相公呢？"

　　游娘说："我本想去搭救，但是到了衙门，我才知道那里官气冲天。我百年道行，自保还是可以，要是想搭救相公，恐怕捉襟见肘！思来想去，整个钱塘，也只有你们能搭救段郎！"

　　白素贞掐指一算，松了一口气，说："游娘，你不用担心，我刚刚替你算了一算，你家相公现在安然无恙，你且安心在映日亭下等我们的消息，我和小青前去县衙一探究竟！"

　　白素贞和小青隐身飞进县衙，寻至暖阁，只见暖阁两旁分置杖、刀、枪、剑、戟、刑具等。暖阁中间有一幅八卦图,小青一见,便躲到了白素贞的身后,白素贞说:"小青不用怕,只要你不妄动法术,这八卦图对你没有什么影响的!"

在据南的狱房里,小青找到了游娘的相公段安阳。狱头白天逼供段安阳已经是精疲力尽,酣然大睡。小青见此,笑着说:"天助我也,给你闻点我的幻住香,让你们把昨天发生的一切都忘得一干二净!"

白素贞环视了牢狱的一切,说:"小青,段公子已经身负重伤,你负责在映日亭跟游娘碰头,把段公子交给游娘,如果遇到什么阻碍,你们在那里等我,我们再从长计议!"

小青说:"这点事情,姐姐你就放心交给我小青,上次我在这里,险些着了道,同一个地方,我小青不会再摔第二次跟头!"

白素贞还是不放心,交代说:"我还是有点担心,你切记,千万不要节外生枝!"小青点点头,白素贞一转身,穿墙而出。白素贞心里一直存有疑惑,游娘有龙宫玉钗,却法力低微且不敢进县衙和庙观,除非她修行上走捷径，才会这么怕神明，这是其一。既然无法进入衙门，那么段安阳被抓，肯定跟官银有关，那么他的官银又是从何而来。种种破绽，不得不让白素贞心生怀疑。但是白素贞环顾县衙，并没有发现有游娘来过的踪迹。

心急如焚的游娘忽见一道青光，小青搀着半昏不醒的段安阳现身在游娘的面前。游娘一见段安阳伤痕累累，扑了过来，抱着段安阳说："我可怜的段郎，他们竟然对你下此毒手！"

小青说："事不宜迟，赶快用你的玉钗给段公子疗伤！"游娘点点头，她看到小青只身一人，便问："白娘娘哪里去了？"

小青说："姐姐没事，她正在料理事情，待会就和我们会合！"

白素贞隔墙看物，发现银库的金银珠宝已经少了很多，明显是被转移了。白素贞在月夜下细细暗访县衙，不经意间走到了知县审案的暖阁，抬头一看，阁正面立着海水朝屏风，金字匾额上是"明镜高悬"四个大字，白素贞一声惊叹，忽然想起了那日观世音菩萨的开示"明心见性悟大道，明镜高悬在人间"。看着"明镜高悬"四个字，白素贞若有所思，她自言自语道："难道这蟾蜍精跟这县衙有关？莫不是藏匿在此处，我无法察觉？但是他满身千年戾气，我是很容易察觉的，为何在此地我竟感受不到呢？"

银库的库银忽然骤减，游娘又跟官银有牵连，并且游娘有玉钗护体却不敢进庙观，前几次来县衙，都能遇到蟾蜍精，最近这一桩桩事情，矛头都指向了县衙，但又像是一团乱麻。白素贞看着星空，怎么算也算不出其中的缘由，一时间又找不到头绪，忽然间白素贞想到了县令，便潜入了县令的宅院。此时县令正在熟睡。白素贞双手翘起花指，摆出莲花手，嘴里默念："习静归真，识破源流，顿见本来面目！"这县令一声官气袭体，并无什么异样。忽然外面打更声响，白素贞看了看天色，发现此行并没什么收获，便飞往映日亭。

游娘正在催动玉钗引月光为段安阳疗伤，一旁的小青见白素贞这么快就回来了，便问有没有什么收获。白素贞摇摇头，将小青拉到一旁问："小青，你跟这个游娘认识有多久了?"

"也有十多年了,那年刚好钱塘江涨潮,江水泛滥倒灌到西湖,就是在这个时候,我跟游娘认识的!"

"怎么了,姐姐?"白素贞"嘘"了一声,不让小青继续说下去。

在小青的护法下,段安阳的内伤和外伤已被游娘疗养得痊愈了。精疲力尽的游娘顾不得擦头上的汗,而是留着眼泪,一门心思地担心着段安阳的安危。游娘急切地问:"白娘娘,为何段郎受如此重的伤?你们是在哪里发现他的?"

白素贞说:"是在县衙的牢里,显然他们对段公子动了重刑!"

游娘诚惶诚恐地说:"段郎被你们这样救出来,若官兵发现犯人不在了,日后段郎肯定会惹上官司!"

小青说:"游娘,你不必担心,我已经使用幻住香,让他们对段公子的事情忘记得一干二净!"游娘立马下跪,叩谢白素贞和小青再次的救命之恩!小青替白素贞将游娘扶起,不想游娘身子发虚,竟然躺在了地上,现出了一条金光粼粼的鱼尾巴。白素贞和小青惊愕道："游娘，你怎么如此体虚，还现出了原形。"

游娘说："我刚刚给段郎疗伤的时候，拔下了我一片金鱼鳞，种入了他的体内，有了这片金鱼鳞，日后段郎遇到危险，这片金鱼鳞就可以帮他逢凶化吉！"

"金鱼鳞？"

"是的，我修炼了三百年，每一百年的功力都会炼成一片金鱼鳞，但是每拔下一片金鱼鳞，我就会耗损百年的修为，加之我刚才为段郎疗伤，离开水源的我，怕是此刻无法在陆地上像人一样行走了。白娘娘，好人做到底，送佛送到西，我恐怕需要在西湖底泡上半个月，才可以再度还原成女体！"白素贞见游娘如此行为，叹息道："游娘，拔鳞对你们水族而言简直是摧心剖肝，你修行尚浅，为什么要出此下策呢？"游娘道："白娘娘，人世间最大的痛苦不是肉体上的痛苦，而是心如刀割。长亭远望，夜色如凉，在映日亭等待段郎的这段时间，对于我来说比拔鳞还要痛苦。我们妖为什么要修炼成人，不就是有朝一日能体会到人世间的生离死别吗？自从我身怀凡胎，诞下爱子之后，我渐渐领悟到，眼泪是热的，但是心却是凉的。朝朝暮暮，春去秋来，最美好的莫过于久别重逢，失而复得，虚惊一场。虽然人间数十年，对于我们修道的人而言只不过是须臾之间，但是大千世界碎为微尘，什么又是永恒的呢？要想成人，就要懂得接受世间诸苦。"

白素贞听到游娘那句"要想成人，就要懂得接受世间诸苦"，瞬间痴愣了起来。白素贞心想："我落居喧尘，一饮一啄之间，不都是为了一个'悟'字么？情不为因果，缘注定生死，不入十地三乘、四生六道，那岂不是磨砖做镜、积雪为粮吗？相比游娘，我为许仙做的那些事情，又算得了什么？"想到这里，白素贞伸出兰花指施法，只见游娘腾空而起，摇曳着鱼尾从映日亭飞入了旁边的西湖里。半身露在水面上的游娘，再三叮嘱："白娘娘，我忘了告诉你，段郎使用的官银，就是我在西湖底下发现的。前不久，那里忽然成了县令窝藏官银的地方，这些官银，有朝廷赈灾的拨款，也有县令搜刮民脂民膏的黑钱。我本是顺手牵羊，没想到给段郎惹下了这等祸事。除了段郎，我还时常夜半三更，将所得的银钱偷偷遣送给段郎的父老乡亲们，我想一旦被这些官兵查到，一定会牵连到他们，还请小青姑娘和白娘娘施法将其收回，他日游娘必定拔鳞以谢二位的恩情！"

游娘忽然把官银的来历告知，使得白素贞在县衙的疑团解开了一半。白素贞说："游娘，我有一事需要你的帮忙！"

"游娘虽然能力尚浅，但是白娘娘交代的事情，只要游娘能办到，必定竭尽全力为白娘娘鞍前马后！"

白素贞从袖口里掏出了乾坤包袋，说："游娘，这乾坤包袋里有蟾蜍精的千年戾气，你头上的玉钗可以净化乾坤袋里的戾气！"

游娘说："区区小事，游娘愿意动用玉簪，为人间除去戾气！"

"还有，待戾气除去，我需要你退去鱼尾的那一天，用乾坤袋把西湖底下的官银倾囊收入！"

游娘犹豫地说："这，白娘娘，官银非同小可，一旦惊动朝廷，必会带来麻烦！"

白素贞摇了摇头说："我怀疑这官银已经被蟾蜍

精所操控，而那县令能一手遮天，必定有蟾蜍精暗中作梗。他利用人间的官吏窝藏朝廷拨款，收刮黎民百姓，目的就是为了吸食这些金银修炼金身，一旦得逞，日后将会成人间的隐患！"

游娘、白素贞和小青兵分三路。小青负责去段安阳的村庄把游娘的孩子接来；白素贞将段安阳安置在白府；游娘则回到西湖，潜心修养，时刻关注着西湖底下的动静。

但多事之秋，漏屋逢雨。小青刚到村庄，便见村庄被官兵包围，火把照亮了整个村庄，男女老少都被聚集在村头。小青躲在树上，细数着人群之中并无游娘的孩子。小青不敢轻举妄动，只好躲在古树上，静观其变。

官兵们在村庄盘查着丢失的库银，乡亲们都摇头不知，这时官兵将所得官银细数搜了出来，小青见情况不妙："糟了，还是晚来了一步！"

官兵将搜上来的官银悉数交给了总头，总头打开袋子准备盘点的时候，一见是石头，一巴掌拍到了其中一个官兵的脸上，问："混账东西，你自己看看这是什么?"这几位搜查的官兵紧闭了一下眼睛,然后猛摇了摇头,还以为是自己看花了眼,支支吾吾半天,不知道如何解释。树上的小青捂着嘴笑,自言自语道:"对付你们,青姑娘我绰绰有余!"

村中的老伯一见官兵搜查上来的并不是前几日凭空得来的银钱,长吸了一口气,说:"官老爷,我们一介草民,如何能有老爷的官银!"

总头将石头扔到了地上,揪住老伯的胡子说:"老头,你可别耍什么滑头,你当真没有私藏库银?"

老伯和村民都摇摇头。总头也知道这样下去徒劳无益,况且看这些村民也不像是什么刁民,应该也不知道官银的下落,看着天色,想起临行前县令交代不能太过于张扬,便下令收兵。待到官兵走远,村里的百姓散去,小青一挥袖子,将石头悉数收进了袖子里。这时,忽然有一个毛头小孩从古树树洞里钻了出来,拍手说:"哇,姐姐会变戏法啊!"小青一回头,原来是游娘的孩子。

"哇,原来是青姑姑,我们上次见过!"

小青喜出望外地说:"是啊,你青姑姑会的东西可多了!"

"青姑姑,他们要找爷爷查官银做什么啊?"

小青说:"这些人是坏人!"

"那爹爹和娘亲不在,岂不是很危险?"

"小不点不用怕,爹爹和娘亲已经躲起来,青姑姑过来,就是要接小不点去见爹爹和娘亲!"

另一边白素贞将段安阳安置在保安堂的客房后,便用窃梦术,进入了段安阳的梦中:

湖光山色,犹如世外桃源,乡考的段安阳不第而归,无心人间三月。神魂颠倒的他来到了西湖边上的普济庵。此时的他因为家境贫寒,又因天不垂怜,与村里的游员外家的游莺莺相恋,却因门不当户不对始终是有缘无分。金榜题名,娶妻生子,成家立业,男儿三大要事对于段安阳而言,已经败落了两样,第三样更是希望渺茫,导致段安阳整日借酒消愁烂醉如泥。

一日,段安阳在恍恍惚惚之间,来到了西湖边上的普济庵,跪在南海观音讲经图前,看着案前的灯火,自吟道:"一灯能破千年暗,何时能照亮我段某的命？"说罢，段安阳缓缓起身，端详着南海观音讲经图的壁画。画里的观音手持经卷正在莲花宝座上讲经说法，羊脂玉净瓶放置在一旁，一旁的龙女和善财童子双手合十，虔诚听经。莲花下，游鱼浮头听经，有口衔宝珠的，有尾系璎珞的，唯独有一条红色的鲤鱼，口中衔着一支翡翠色的玉钗，用鱼尾荡起了水波。

段安阳看着看着就发呆了，走向画前，将手抚在了那条口衔玉钗的鲤鱼前，自言自语道："南海仙境虽美，但是你自由自在的样子更是让人羡慕，鱼儿啊鱼儿，你有玉钗，我何时有游娘？"

正在窃梦的白素贞看到这里，忽然明白了："原来游娘是观音座前的鲤鱼，如今的白府就是当年的普济庵，难怪游娘一介道女，并未走歪门邪道，却怕进入庙观！"白素贞起先对游娘身份的怀疑彻底被颠覆了，她没想到，自己多次出手相助的游娘，竟然是因为思凡而游到了人间，冒充游莺莺嫁给了段安阳。

第四回

秋去春来

老蝉吟渐懒，愁蟋思无穷。转眼半月光阴，段安阳客居在保安堂的厢房，白府在这段时间也全都搬至保安堂后院。段安阳每每思念游娘，如秋蝉那般一度凄吟，一番凄楚。

　　白素贞见皓月当空暮云散，已算准今晚游娘便能退鳞成人。院外游娘的孩子在和小青嬉戏玩耍，许仙和段安阳在下棋，心不在焉的段安阳每每抬头看月，便是一声叹息。

　　店铺那边，传来急促的拍门声，此时的保安堂都已经打烊了，掌柜提着灯笼前去开门，原来是一位受伤的艄翁，掌柜连忙到后院唤许仙。白素贞听闻铺上有急诊的病人不放心，跟着许仙一起去了店铺。

　　受伤的艄翁鼻青脸肿，胳膊处被划伤，且泡在水中，显然伤口已经被感染了。许仙连忙问艄翁："老伯，出了什么事情，何以伤成这样?"

艄翁说："我是在西湖打渔和划船为生的，今天见收成不错，收网的时间便晚了一些。不想我刚把船靠岸，准备收网回家，西湖上突然一阵狂风大作，没一会便激起一人多高的浪，甚是骇人。我一个不小心落入水中，幸亏我水性好，费尽了九牛二虎之力，才得以逃生。不想在水中，被什么东西划伤了胳膊，原以为是小伤，却发现伤口开始发紫!"

白素贞一看艄翁的伤口，血中有一丝戾气，惊得连连往后退了几步，惴惴不安地问艄翁："老伯，你是在西湖落的水?"

艄翁点点头，许仙忙问："娘子，这是怎么了?"白素贞假装镇定，说："刚刚听到老伯在西湖遇险，我替老伯捏了一把汗。"白素贞看了看艄翁伤口上的戾气，好在戾气不多，便说："官人，老伯伤口估计是在水中碰到了有毒的植物，我去后院叫小青，她也是去毒的高手!"说罢，白素贞走向后院，言简意赅地告诉了小青身在西湖的游娘有难，然后从后门出

96

去，朝着西湖的方向飞去。

　　果然不出白素贞所料，湖中的游娘正在和蟾蜍精打斗，好在游娘有玉钗，能阻挡一会儿，但是游娘修行尚浅，还不能发挥玉钗的至高法力。白素贞变幻成一条水波，跳进了西湖。

　　"好你个鲤鱼精，我把银钱藏得那么深，你竟然敢盗宝到这里，今天正好拿你来滋补我的法力，镀我的金身。"游娘显然有些害怕，她挥舞着玉钗，玉钗泛出来的碧绿光芒，在月光的映照下，西湖的湖面浪花激荡，甚是罕见，引来了不少岸边居住的百姓前来观看。

　　白素贞躲到了游娘的背后，轻轻地说："游娘，我是白素贞，你不必担心，我来助你一臂之力！"

　　蟾蜍精问："鲤鱼精，是谁指使你来盗宝的?"

　　游娘得意地笑着说："有钱能使鬼推磨，枉你千年道行，行走人间，竟然连这个道理都不懂！"

　　"好，花了爷爷我的钱，就拿你几百年的修行来滋补爷爷我!"

　　白素贞隐在了游娘背后，一手翘起大三指，一手翘起小三指，同游娘默念咒语，催动着玉钗的法力。玉钗在水中绕了三圈，西湖底下的水草被罩了一层青光，变成了仙绳，纷纷朝着蟾蜍精的方向掷去。

蟾蜍精抽出拂尘，化为利剑，将这些仙绳悉数砍断。刚刚还法力平平的游娘，此刻法力忽然大增，蟾蜍精清除了水草变幻的仙绳后，剑指着游娘，说："是谁在背后暗中作法，有本事明着比试!"白素贞正要现身，忽然一道佛光从湖面射入，一声："妖孽，游僧法海在此，休得兴风作浪!"

佛光是有灵性的，凡是修为清净者，均不怕这佛光，反而满身戾气、不走正道的蟾蜍精，见到佛光后，立马口念诅咒，吐出一个水泡将自己包住，以此来抵御佛光的侵袭。

白素贞见高僧法海现身，趁他们斗法的时候躲到了湖底的水草深处，反而是游娘，见到了法海并不怎么紧张，而是收回了玉钗。法海擎出锡杖，没想到禅杖在水中化为龙，四只钩爪甚是遒劲有力，蟾蜍精手中的宝剑显得不堪一击。蟾蜍精摇身一变，只见金光晃目，压了那龙鳞金光一头。游僧法海双手合掌，在水中凌空盘坐，只见那金龙又变回了锡杖，横着飞到了法海双盘的腿上。法海看着蟾蜍精说："纵然你修得通身金色，那也是徘徊之性，难不成你想假扮庄严法相，蒙骗世人吗?"

"和尚，别以为你念了几年的经就想跟我谈禅论道，试问这三界芸芸众生，有几个识得灯中假佛像，又有几人知晓命里有灾殃。还不是白闻金钟韵，口中妄诵经。"

法海说："枉你是修道的生灵，跟那未开蒙的马劣猿颠有何区别，若不及时牢捉牢拴，早晚有一天你会堕三途，到时候神丹漏、玉性枯，即便是瑶池仙果、杨枝甘露都救不了你!"

"哈哈，和尚，你这些苦修行出慢工的言教还是说给别人听吧，爷爷我可不吃这一套，如今我修得半截金身，假以时日，必定金身罩体!"

法海摇摇头说："大道你不走，偏要入旁门左道!三十二相你误解，是相非相你去模仿，早晚有一天你就知道那是镜中月、水中天。"

蟾蜍精说："去你的，当年我走大道，不想大道不通南北，容纳的尽不是东西，乾坤有私，凭什么你能相好光明无等伦，我却不能身金色？"

"好，今天我就替天行道，收了你镇压在雷峰塔下！"说罢，法海脖子上的念珠立刻飞出，珠子上刻有十八罗汉的相，这相闪着金光，在水中布成了一道经网。蟾蜍精见不敌这经网，深吸一口气，将湖底的淤泥荡起，污浊盖过了金光，在一片混浊中，蟾蜍精消失得无影无踪。

法海收回神通，见面前是一条人身鱼尾的道女，发上束着具有灵性的玉钗。法海说："不枉你得道开蒙，祝你早日伐毛洗髓，脱胎换骨，月满金华！"法海从脖子上取下念珠，递给游娘，接着说："这串佛珠已得佛荫，可助你行走人间，在佛光性海之中，犹如在水月真镜之中不受干扰！"

游娘接过佛珠，向法海禅师合掌，法海禅师踏浪飞出，朝向雷峰塔的方向而去。

"白娘娘，您为何不现身啊？"游娘见法海远走，四下又见不到白素贞，便呼唤了起来！

白素贞从水草丛中现身。游娘问："白娘娘为何躲着法海禅师?"白素贞说:"当初,我初来钱塘,就见到法海禅师在西湖跟蟾蜍精斗法,今日再见,没想到法海禅师的修为如此之高!"游娘疑惑:"法海禅师降妖伏魔,又是慈悲之心,躲着他又是为何?"白素贞说:"我不是躲着法海禅师,而是躲着蟾蜍精。几次与蟾蜍精交手,他甚是狡猾,我在明处,他在暗处,自然有我的不便。如果只是单单我跟小青,这倒无所谓,但是我还要顾及手无缚鸡之力的官人!"

白素贞指了指岸上,示意先上岸。游娘和白素贞登上岸后,游娘请罪:"白娘娘第一次交代游娘事情,游娘就给白娘娘办砸了,还请白娘娘原谅!"

白素贞立马搀扶起游娘,说:"游娘不必自责,刚才你也看到了,法海禅师道行这么高,和蟾蜍精斗法也占不了什么便宜,更何况是你我!"游娘从腰带上取出乾坤宝袋,递给了白素贞,说:"白娘娘,乾坤宝袋里的戾气已经净化了,袋子里的银钱,是我在湖底收的,只是刚收,就被蟾蜍精给发现了!"

白素贞点了点头,说:"真不应该把这么危险的事情交给你,险些害了你的修行!"

"白娘娘，游娘愧不敢当！"

白素贞看了看天色，说："段安阳和孩子还在保安堂等着你呢，只是有一事我要跟你商量，你行走人间恐已经败露了行踪，加之你道行有限，多有不便，如果不嫌弃，你们就住在保安堂，帮着我和官人料理日常的事务，暗中也好给我一个照应！"游娘一听说能跟随白素贞，喜出望外，立马叩谢白素贞。白素贞看着游娘手上的佛珠，一语双关地说："游娘果真出身不凡，颇有佛缘，有朝一日得观音大士点化，更是鱼跃龙门了。"

游娘看了看手上的佛珠，似笑非笑地说："哎，别的不说，光佛家七宝犹如池中莲华，法海禅师也是慈悲慷慨，赠予我这佛珠护身！"白素贞笑而不语。

这佛珠是有灵性的，法海禅师赠予佛珠之后便离开了，其实他只是匿藏到一处，以这个佛珠的灵气来跟踪游娘。法海禅师在跟蟾蜍精斗法的时候，他明显察觉除了蟾蜍精和游娘，还有第三者隐匿在其中不肯现身，赠予佛珠一方面是结缘，另一方面是法海禅师想"引蛇出洞"。

果真不出法海禅师所料，一路跟踪白素贞和游娘，来到保安堂，才知道这里面住着三个得道的妖精，但是让法海禅师疑惑的是，他只能感受到白素贞细微的妖气，显然是受过点化，且白素贞周身都是仙气，但是仙气显得混乱。站在保安堂药铺的门前，法海禅师看着门匾，暗中观察着保安堂里的动静，才发现原来这白素贞六根被六滴杨枝甘露净化，才有这般造化。如果说法海禅师跟踪白素贞和游娘，是螳螂扑蝉，那么必定会有一个黄雀在后。蟾蜍精被法海禅师击退之后，并不死心，也是躲在暗处观察着游娘的一举一动，不想一举多得，将这几人尽收眼底。

　　杭州的秋天层林尽染，丹桂飘香，群山骨细，水寒荷破，这素有"人间天堂"之称的地方，游人络绎不绝。北山的多宝寺和南山的伏龙寺，是钟灵毓秀的地方，香客如流水一般；西湖南岸的雷峰塔跟苏堤断桥，更是相映成趣。游僧法海本是镇江金山寺的高僧，常在江浙一带讲经说法，为当地百姓解除疑难之事。据钱塘百姓坊间传闻，早先雷峰塔内供奉着经书，塔下镇压着具区湖泽的一条精怪，而法海是得道高僧，也是奉旨在雷峰塔看守经书，保这一方百姓安居，一有妖魔在附近行凶，雷峰塔上的摩尼宝珠就会发出光芒！

在雷峰塔下入定的法海，观想着西湖一带的人间景象，法海又忽然想起那晚见到的白素贞。白蛇和青蛇一起行走在人间，青白只是名相，纵然千年修行，如果不能抽离其中，青白即是黑白，黑白便是无常。法海禅师抬头看了看雷峰塔，直耸西湖烟雾间，法海扪心自问："是塔在云雾间，还是云雾在塔上，世间的纷纷扰扰，大千万象，杭州的美景迷人，就像是青白二蛇，到底是在人间，还是在天堂？"

一片落叶飘落在法海的身上，法海看着落叶，自言自语道："黄叶来信，看来是有贵客到了！"

法海起身，进了雷峰塔，转眼间，他换了一身黄色的海青，身披袈裟，然后紧闭塔门，站在雷峰塔前。法海这等慎重其事，原来是钱塘县令带着官兵，前来赏秋。

"法海禅师，有礼了！"县令从马车上出来，倒是对法海禅师客客气气。

法海禅师合掌，道："大人何以有如此雅兴，出来赏秋?"县令哈哈大笑，说："禅师果真是得道高僧，本官还没说明来意，禅师就慧眼看出来了!"说到这里，县令忽然不说了。

法海并没有往下接话，县令见法海无动于衷，便接着说："法海禅师是得道高僧，早先拙荆曾在你这里求得开光宝贝，镇压在府上，倒是几次保得府上安宁，今天前来，特意带上薄礼，以示禅师慈悲!"

官兵双手捧着托盘，不用看就知道盘内所盛何物。法海目不转睛地说："法海在江南一带云游，倒是两袖清风，这世间累及之物，带着多有不便，感恩大人的美意，法海无福接受供养!"

县令见法海如如不动，一挥手，示意让官兵退下。县令说："今日恰巧路过，其实还有一事，不知可否借一步说话?"

法海看了看周围，除了官兵并无他人。县令看了看法海，又看了看紧闭的塔门，便让官兵退下。县令说："禅师，最近府上怪事连连，本官今日想请禅师携带，进塔瞻仰宝藏，启蒙加持，以除邪祟!"

法海额头微微下垂，低眉看着县令胸前飞禽的徽饰，忽然想起之前观音菩萨的交代："虽然雷峰塔内供奉的是寻常寺院都能翻阅的经文，但也是自家风光，自家宝藏。若有灵性的异类得此经文，便可以迅雷之速明心见性，脱离肉体污秽。如果被叨饴之人得手，纵然是自家风光千里好，也会被挥霍得如同闷数钱粮，更怕那些罗织管事的人物前来纠缠，雷峰塔在人间就会大厦倾倒，到时妖魔定会猖獗！"

　　法海愣愣地出神，县令怫然不悦，说："怎么？本官是钱塘县的地方官，莫说是进雷峰塔，就是让你寺院山门紧闭，也是理所应当！难道还需要你一个和尚批准吗？"

　　法海禅师说："大人，并非雷峰塔杜门谢客，而是宝塔重地，坐落西湖要地，实属善门难开啊！"

　　县令狐疑地看着法海，瞪大眼珠问："既然是善门，为什么不广开普度？"

　　法海禅师说："大人心中有灵山，可知世法平等，众生心中都有灵山，只是被贪嗔痴所蒙蔽，若能领悟心中即是灵山，不管是在何处，心不随境转，如如不动，笃定心性，即便是在灵山塔下，一样可以听闻佛法真谛，何苦远处求寻呢？塔内读经，无非是坐井观天，况且正法在人间，更在人心，相信大人慧根深厚，知晓个中奥义。"

县令一时不知道如何反驳法海，一心想探塔内究竟，便准备硬闯，夜郎自大的县令不想这塔门上的锁，刀都砍不断。法海禅师说："大人这是何苦呢？并非贫僧不愿意让大人进这宝塔，这锁集中天地灵气，有缘之人，即便是不碰，门上的锁便会消失，广开塔门；无缘之人，即便是拿刀剑利器去砍，那也是抽刀断水。"县令见此现象，不管如何挥刀都无济于事，而且这刀口也钝了，同时这锁发出来的声音，震得耳膜就像是有好多只蚂蚁咬上去一般，隐隐作痛。

法海说："大人若是真有恒心，前来拜塔，大可摘取头上的乌纱帽，脱去官衣，三拜九叩，必定会精诚所至，绳锯木断，塔门大开。但是一旦心有固执，生出他想，天地怎能容私，纵然是贫僧，也爱莫能助！"听法海这么一说，县令犹豫再三，缓缓地走下台阶。

铩羽而归的县令气急败坏，奈何法海也是得道高僧，江浙一带影响颇大，即便是火冒三丈，也只能拂袖而去。心有怨气的县令路过南山伏龙寺，见寺门有几个扫地的僧人，突发一想："见了真佛，还想让我空手而归？"

县令以让伏龙寺帮穷苦百姓交税收为由，借机填充这段时间库银的不足。伏龙寺多处田地，都是租给当地的百姓，常住日常用度也全靠香客。住持深知帮穷苦百姓交税为虚，收钱才是其真正目的。奈何佛门净地，不宜与外界有太多争执，况且是县令的横征苛敛。信众吴居士恰巧碰到主持在为此事一筹莫展，便供养三百两银子，作为税收的钱，打发给县令，以还伏龙寺清净。雷峰塔内的经文没看到，伏龙寺的金钱倒是收了一笔，县令得意洋洋地从大悲院走了出来。此时的伏龙寺刚好在做佛事，斋主是来自湖州的尤姚延，刚刚佛事完毕的尤姚延正在跟知客师诉苦："法师，我一个在德清造桥的石匠，村里的吴良忽然有一天托我，给了我一张写有活人姓名的纸条，让我帮忙用大锤锤到木桩里。后来我才知道，这纸条上的人名，跟吴良有家族仇恨，想让我用民间的'叫魂'术做缺德事。我祖上三代都是造桥的，爷爷和父亲当年再三交代我，千万不要干这种有损阴德的事情。法师，你说我能同意吗？不想这吴良报复不成，反而到保正那里告我恶状，说我利用民间巫术坑害百姓，一时搞的人心惶惶，官司缠身！"尤姚延叹了一口气，接着说，"我也不知道是哪一世的业力感召，竟然遇到这么个冤亲债主！"县令细心地琢磨尤姚延和知客师的对话，他看了看不远处的雷峰塔，眉头一皱，计上心来。

南山与秋色，气势两相高。这世间的纷纷扰扰，暗中较劲的是非，表面上看起来湖光山色两相和，其实钱塘一带早已经是乌烟瘴气，百姓诚惶诚恐。从湖州一路传来的民间叫魂传闻，弄得周边百姓人心惶惶，一方面源于民间百姓绘声绘色的口口相传；另一方面，钱塘一带的传闻，由县令派人添油加醋混淆视听，并用指鹿为马的手段，在街面上，当众捉了几个从外地来的游脚僧，冠以骗取香火钱的罪名，把叫魂事件的始作俑者栽赃给南山的伏龙寺。

案子了结之后，街面再次恢复了往日的人稠物穰，但是伏龙寺却元气大伤，昔日虔诚拜佛的香客也不再登门拜访。甚至还有附近嫉恶如仇的村民时不时到寺院闹事，若有僧人据理力争，村民便大肆宣扬和尚蛮横无理，欺压百姓。若事情闹到县衙，更是当众责罚僧侣，轻者县衙门口挨板子，重者劳役判刑。接连解决几个关于百姓和寺院的纠纷案子之后，昔日受百姓背后唾骂的县令也深得百姓好评。

一心悬壶济世的保安堂，心怀保君身体安康的夙愿。医身容易医心难，忘本可是群众最擅长的事情。自打保安堂开业以来，虽然有些病号，但是相比杏林行业的其他药铺，保安堂的生计可谓是黯然失色，一方面，保安堂没有京中皇家的采办；另外一方面，许仙并不是药行祖师会的成员，多少还会受其他堂号的排挤，时不时给保安堂穿个小鞋。

段安阳和游娘自从来到保安堂之后，保安堂灶上的事情一并都交给了他们。闲暇的时间，游娘根据京城时兴的绣花样子做做刺绣，段安阳更是厉害，同许仙商量，在保安堂附近置办了一家裁缝店，逐渐抽离了保安堂。

许仙和段安阳正在街面上采办东西，忽然被一个陌生的男子从后面拍了一拍，陌生男子说："许大夫，天雨寺前街有个孕妇晕倒了，命在旦夕，你赶快去看看吧！"许仙一听有人病危，便和段安阳朝着天雨寺前街的方向跑去。果真那里围观的人群不少，在这些人群当中，还有药行祖师会其他堂号的掌柜。

许仙见孕妇面色苍白，且大腹便便，恐是即将临盆，但是孕妇的嘴唇发乌，显然是有中毒的迹象，此时的许仙见围观的人群甚多，便让几位帮忙搭手，将孕妇送到了保安堂。

庆馀堂的徐掌柜和回春堂的秦掌柜，在人群一角窃窃私语："许仙简直是愣头小子一个，这孕妇一看肚子，就是难产迹象，多少稳婆都没有办法，况且又中了毒，即便他是华佗在世，也不可能是妇产圣手，恐怕也是回天乏术了。"

回春堂的秦掌柜说："你可别小看这许仙的医术。"

庆馀堂的徐掌柜也跟着说："哼，他许仙医术再怎么高明，毕竟是个大老爷们，娘们怀孕的事情，稳婆都搞不定，他怎么方便。即便是方便，他岂不是把人家孕妇的名声给搞坏了，即便是母子平安，这孕妇的家人怎么能够放过许仙。"

秦掌柜可惜地摇了摇头，说："这许仙可要吃哑巴亏了！"

徐掌柜得意地笑了笑，说："哼，他许仙这叫香也烧了，菩萨也怠慢了！"

一大帮围观的人跟着许仙来到了保安堂。许仙翻开孕妇的上眼皮，见毒已攻心，恐怕要危及胎儿，但是这等事情，他一个大男人，多有不便，便让段安阳赶紧去唤白素贞。满头大汗的段安阳在唤白素贞过来的时候，也惊动了游娘，游娘放下了手中的针线活，一同前往保安堂。

从安国采办药材的小青正风尘仆仆地赶回保安堂，只见大街上，官兵奔着保安堂的方向去，前面是一个小伙带路，小伙说："草泽游医的许仙，不顾伦理，给孕妇接生，并用错了药，让孕妇中毒难产！"

小青一听这事情跟保安堂有关，心里嘀咕着：

"莫不是许官人有难，还是有人要为难姐姐，要加害保安堂？"小青交代伙计，说："我要先行回保安堂，你们把药材直接送到保安堂后院！"

小青腿脚快，一进保安堂，便见白素贞忙得应接不暇，小青叫了一声姐姐。

白素贞一见小青这么快便从安国回来，喜出望外，说："青儿，你这么快就回来了，太好了。"

白素贞和小青正准备把孕妇搀扶到里屋，没想到这时候官兵涌入保安堂，带头的官兵说："谁是许仙？"

许仙赶紧上前迎接，恭维道："官老爷，贵足到贱地，草民有失远迎。"

"少废话！孕妇在哪里？"

小青上前，理直气壮地说："你们像螃蟹一样横冲直撞，是过来无事生非，还是掀风鼓浪的，若是如此，我劝劝官老爷还是省省精神，若是误了我们给孕妇接生，你们可敢承担一切后果？"

官兵瞪大眼珠看着小青，奈何围观的人太多，也不敢怎么样。小青指着孕妇说："瞪大你的眼罩子好好看清楚，这孕妇现在命在旦夕，官老爷你是要继续耍派头呢，还是让我们安安静静地替孕妇接生？"

"你？难道不是许仙接生么？你一个黄毛丫头也懂这些？"说到这里，官兵看了看其他人，不怀好意地笑着说，"这么泼辣，上门提亲的媒婆都没有，你懂什么接生？"说罢，惹得一帮大老爷们哄堂大笑。小青向前迈一步，准备伸手打人，被白素贞给拦了下来。白素贞说："官老爷，许大夫已经调好保安堂独家的药方，我现在要赶快给孕妇接生，要不就误了时辰。父老乡亲们都在这见证，如果因尔等耽搁闹出人命，这一切责任可是要你们扛的！"

说罢，白素贞眼神示意小青，意思是让游娘和她先把孕妇搀回里屋。这时候许仙也要跟着进去，白素贞上前阻拦："官人，你在这里好生招待官老爷！"

"为什么啊，我才是大夫啊！"

白素贞脉脉地看了许仙一眼："官人，孕妇的事情，你怎么方便，这里有保安堂的药，还是放心交给为妻吧，我自有主张！"半推半就的许仙，拗不过白素贞，只好留在店铺跟官兵们周旋。一进里屋的白素贞看见孕妇已经躺在床上，便问小青："青儿，刚刚听你跟官兵说话的语气，是不是你知道了什么？"

小青说："姐姐，这个正是我想要告诉你的！"小青看了看孕妇说："姐姐，这孕妇是不是许官人带回来的！傻好人的他中了别人的圈套，孕妇前脚进了我们的保安堂，后脚就有人到县衙告我们保安堂的恶状，我在回来的路上，刚好撞了个正着。"

一旁的游娘说："段郎刚刚告诉我，是一个小伙子在街上向他和许官人求助的，莫非这不是意外，而是有人故意为之。"

白素贞看了看孕妇，说："如果这孕妇交给一般的大夫，肯定是爱莫能助，既然有人故意想看我们保安堂的好戏，那我们就把这出戏给唱好。"

"姐姐可有把握？"

白素贞说："青儿，你一回来，就有希望，我刚才看了看这腹中的胎儿，是横胎，现在孕妇气若游丝，只需要你我从旁协助，把胎位抚正，便可助她顺利产子。"

"姐姐怎么能断定是男胎？"

白素贞说："不仅仅是男胎，而且是龙凤胎！小青，事不宜迟，我们赶快作法扶正胎位。"白素贞把门窗关好，然后对游娘说："游娘，你负责为我们护法，千万不要让任何人闯进来。"

　　小青坐在床头，负责给孕妇渡气，白素贞站在一旁，双手伸出小三指，只见她指尖泛出一道金光，这时候她右手的小三指随着手势的变化，翘起了鹿指，金光遍布孕妇全身。接着白素贞轮指，开始慢慢地扭正孕妇腹中胎儿的胎位。孕妇惨痛地叫着，游娘担心这叫声会惊动药铺的官兵，立马在房间布下了结界，任何声音都传不出去。正在施法的白素贞深吸一口气，双手同时摆出了花指，指向了孕妇，一旁的小青担心地说："姐姐，你要当心啊，万一胎儿胎位扶不正，会反噬给你，你会周天全乱的。"

　　白素贞说："青儿不必担心，你只需要渡气给孕妇即可。"这时候白素贞将伸出的手收了回来，在胸前摆起了双佛手，并且口中念着咒语。小青五百年的修行，自然不知道白素贞的法术出自何处，而一旁的游娘，对白素贞此刻行的法术了如指掌，她万万没有想到，曾得观音菩萨点化的白素贞，竟然还得到了一些衣钵，游娘自觉低估了白素贞。

使出双佛手的法术，特别耗损修为，一旁的游娘在千钧一发之际，从旁提醒："白娘娘，赶快使出拈花手！"白素贞看着游娘说："没有南海莲花，如何使出拈花手？"游娘从发髻上摘下玉钗说："世间万物，相辅相成，相生相克，变幻无穷，我这玉钗不就是莲花么？"

白素贞瞬间眼笑眉舒，缓缓舞动着手势，伸出了拈花手。这时候游娘手中的玉钗飞到了白素贞的拈花指上，玉钗瞬间大放光芒，孕妇悲痛的叫声也停止了，随之而来的是两个婴儿的啼哭之声。

铺上见里屋一点动静都没有，许仙也是提心吊胆，官兵更是按捺不住，想冲进去一探究竟，奈何许仙百般阻挠，不肯罢休。白素贞料到一个许仙，招架不了多久，便让游娘先出去周旋，留下了小青。白素贞对小青说："青儿，这孕妇不仅难产，现在还中了毒，这是蟾蜍精行走钱塘所释放出来的戾气，好在戾气不重，你稳住孕妇，不要让她醒来，我把她的戾气

117

给吸出来。"

小青说："好，姐姐，你可要小心。"白素贞点点头，然后眼睛一闭，作法将孕妇的戾气给倒吸了出来，只见一团黑气被白素贞吞入腹中。白素贞一阵眩晕，身体战栗，小青将孕妇放下，急忙上前搀扶白素贞。白素贞说："青儿，没事，我千年修行，自会压制这戾气。"

"姐姐，你脸色都变了！"

白素贞笑了笑，微微地闭着眼说："些许是我刚刚运功过猛，伤了元气，不过一盏茶的功夫，便可恢复。"

小青看着白素贞说："姐姐刚刚使的法术，不像是一般修行的法术，看得小青既担心，又好奇！"白素贞轻轻地擦拭着额头的汗，说："青儿，有朝一日想白日飞升，姐姐便把这南海观音所教的法术全都亲授给你！"

游娘跟官兵打马吊，官兵非要让白素贞和小青出来当堂对质。游娘对着围观的父老乡亲说："官老爷也太不近人情了，白娘娘刚刚替孕妇接生了龙凤胎，这会儿累得是腰酸背痛，女人生产如同鬼门关走一遭，你可知道这里面的痛苦，你也等人家缓一会儿，再出来好不好？"

"龙凤胎？"官兵和许仙纷纷惊讶。许仙问："游娘，莫不是我听错了，还是你说错了？"

游娘笑着说："孕妇挺着大肚，人间麒麟和天上凤凰都在肚子里，不巧又是横胎，幸亏我们白娘娘本事大，保安堂的药奇效，将胎位扶正，才保母子三人平安！"说罢，游娘在背后偷偷地挥手，只见里屋的结界消失，婴儿的啼哭声立马传了出来。

许仙高兴地准备往里屋冲，游娘赶紧上前一步，拦下许仙："许官人，现在还不能进去！"

"为什么？"许仙茫然不解地看着游娘，游娘说："大家有所不知，这次孕妇难产并非天灾，而是人祸，是有人故意要栽赃给我们保安堂？"

官兵听闻，似信非信地说："你有何证据？"

"孕妇怀有胎儿，但是身中剧毒，若不是被我们许大夫发现得早，估计现在连同腹中的胎儿都命丧黄泉！这时候，你们又赶过来了，试问，是谁通风报信，蓄意栽赃给我们保安堂？"官兵听游娘这么一说，四下张望寻找刚刚带路的小伙。不想小伙早已开溜，官兵一时也哑口无言，为了挽回面子，官兵说："既然是中毒还能平安产子，我们也要活要见人，死要见尸。"

这时候，白素贞和小青从楼上的里屋下来，小青抱着两个孩子，白素贞说："官老爷办事严谨，孕妇现在已经脱离危险，刚刚诞下龙凤胎，暂时还不能下床！"

"白素贞，你切莫说大话！"听官兵这么一说，白素贞指了指小青怀中的龙凤胎说："母子平安！"话刚说完，在店铺大厅围观的百姓纷纷鼓掌叫好，白素贞向父老乡亲欠了欠身子行礼，说："承蒙诸位父老乡亲的见证和关爱，使得我家官人祖传的保安丸得以发挥用处，让其母子三人平安！"

此事不出几天的工夫，保安堂的许仙和白素贞被传得众人皆知，个个称呼许仙是华佗在世，称呼白素贞是白衣观音。盛名之下，究竟是众口纷纷。

转眼腊八，伏龙寺和钱塘一带寺院的僧人在街头布施腊八粥，原本每年的腊八粥深受信众和百姓的青睐，今年反而无人问津。不仅如此，好几处施粥的僧人都被住在街面上的百姓驱赶，甚至有人当场拿扫把打人，并且放言僧人在门口施粥会把霉运过给百姓，弄得大家听闻心有芥蒂，其中一位小沙弥疑惑万分。

这时候，一位往日经常来寺院的宋居士从伏龙寺派发腊八粥的街道路过，恰巧被伏龙寺的小沙弥遇见，小沙弥便上前问道："宋善信，为何最近不见你的身影？"

宋善信笑眯眯地说："小师父，你见我现在气色是不是比以前好了很多？"

小沙弥上下打量着宋善信，便说："多日不见，宋善信的气色果然比以前好了很多！"

小沙弥赶紧捧着一碗粥，准备布施给宋善信。没想到宋善信想起早先坊间传闻"叫魂"事件，便心中有所介怀，但又想着自己是三宝皈依弟子，不敢怠慢，不看僧面看佛面，便婉言拒绝。小沙弥疑惑地问："这腊八粥寓意着祷祝丰收，祈祷身体康健，宋居士为何今年不受此殊胜的供养呢？"宋居士说："我们福报大啊。保安堂的白娘子啊，那可是我们钱塘县的白衣娘娘，行善积德，为我们穷苦百姓义诊，街坊邻居三灾八难的，只要找白娘子，准比去寺院拜佛祖还要灵验啊！小师父，你这腊八粥我心领了，听说今天保安堂也在施粥，他们的粥都是用上好的药材熬制而成的，既可以除去我们身上的湿气，也可以养护我们的脾胃，真是菩萨的杨枝甘露啊！"

师父们听宋居士这么一说，个个都感到诧异，究竟是何人，能够敢妄称观音菩萨。几位师父跟着宋居士一同朝着保安堂的方向走去，没想到这里人潮涌动，不管贫富，都争相抢着要保安堂的粥。

庆馀堂的徐掌柜昔日也曾在重要的节日去伏龙寺上香，对这几位和尚有些印象，他见这些和尚看着保安堂的一举一动，仿佛在议论着什么，便上前搭讪，三言两语问出缘由。庆馀堂的徐掌柜借此机会，里挑外撅地说："这白素贞比伏龙寺的住持法师厉害很多，不仅通医道，就连佛道二路，她都能说得头头是道，伏龙寺、白云观、散花庵的信众个个尊称她是什么活菩萨、白衣观音，有什么疑难杂症，准比到寺院拜那些木头疙瘩还灵!"这些和尚听了此话,自然觉得是轻慢佛法,修为好点的,低眉不语,脾气大点的,现出金刚怒目之相。徐掌柜还无中生有地说:"这白素贞还曾放言,拜佛烧香没什么用,大家都来拜,菩萨哪里忙得过来。"

与保安堂心存芥蒂的庆馀堂徐掌柜,三番五次在背地里坏保安堂的名声,同时县衙告状也是徐掌柜所为。因素日徐掌柜经常到县衙给县令私下行贿,县令也知道保安堂的一些事宜,便私下授意徐掌柜放开手去做。

伏龙寺的和尚拉着没怎么布施出去的粥回到了寺院。住持一见粥还剩这么多,便问其中缘由,不想话由人说,你一言我一语地将事情的来龙去脉告知了住持,究竟是添了多少话在其中,大家都是当局者,谁都是不清不楚。

白云观的王道长去山上采药,路过伏龙寺顺道来讨粥,恰巧听到常住僧人在议论保安堂,王道长便问:"你们所说的保安堂,可是许仙和白素贞开的药铺?"

住持便问："难道王道长也认识这位号称白衣观音的白娘子？"

王道长说："认识倒是谈不上，只是以前我曾在西湖边上见到一座白府，那里以前我常去，记得是普济观的破败房子，但是不声不响地拔地而起，成了一座白府大宅院。我也觉得此事蹊跷，一段时间的观察后，觉得这白府的两位女子来路甚是不明。这白素贞也未经父母之命，媒妁之言，便许配给了许仙，并且在街上开了一家保安堂的药铺，这一家子随后便搬到了保安堂。我曾夜访白府，总觉得哪里不妙，但又不敢直接断言，便算了一卦，从卦上来看，此地确实有他物。"住持疑惑了一番，王道长说："贫道修行尚浅，且未见他们有什么出格的举动，大和尚不妨请雷峰塔的法海禅师前去一探究竟。"

在王道长的建议之下，伏龙寺的住持深夜拾阶而上，前来拜塔，并向法海禅师说明来意，把所知道的事情一五一十地告诉了法海禅师。

住持说："这保安堂的白娘子虽然是在行善，但是假充菩萨名号，在钱塘布施，未经诰封，便欣然领受虚名，更是让信众轻慢我佛法甚深微妙，恐长久下去，必定白衣上座，本末倒置啊！"

法海禅师眺望西湖夜景，朦朦胧胧之间，明灯错落，望不尽那楼台歌舞。法海禅师说："这保安堂的来历我早已知晓，恐这件事背后还有别的缘由在其中，让大家看到的一切是倒因为果。你且安心回寺院去吧，这事我日后自会相助为理，还大家一个公道。"

佛塔高云外，禅寺静月中，丹霞缥缈浮屠挺，碧树阴森轮藏清。法海在塔内打坐，观想那四时景象：春来桃李争妍，夏至柳槐并茂，秋到黄花布锦，冬交白雪飞绵。四时八节，法海正明性月。

年前被抓的几个游脚和尚，并未做过什么伤天害理的事情，只不过是因为常住寺院实在是难以揭开锅，并一路游化到钱塘，后被释放。其中一名游脚僧法号智旸，在县衙的牢狱中染上了咳疾，因无钱治病，县衙又嫌麻烦，便转交给了伏龙寺。智旸得病本来年前有所好转，不想春来咳疾再次复发，日渐加重，常住请了很多大夫进庙问诊，银钱倒是花费了不少，就是不见起色，几经辗转，大寮的火头僧便到了

125

保安堂请许仙去伏龙寺上门问诊。

火头僧并不知道保安堂在钱塘一带的声誉，也不知道常住因白素贞假借菩萨名号，在钱塘一带以行善积德之名做沽名钓誉之事而心怀芥蒂。这许仙更是不知道他和白素贞的善举被百姓神话，早已是树大招风。

许仙为智旸请完脉之后，便回保安堂煎药，亲力亲为的许仙见出家人修行不易，再次亲自上门送药，没想到智旸喝完许仙的药之后，不出一炷香的工夫，便在房间晕倒，口吐白沫。同寮的另外一位法师见此，认为是许仙误诊导致，便通知寺院常住，将许仙扣留在了东厢房内。

日落西山，白素贞见许仙出门半天还未归来，便有些担心，她问铺上的伙计，才得知许仙去了伏龙寺问诊。心神恍惚的白素贞眼巴巴地等着许仙归来，这时屋檐上忽然一阵响声，原来是一只花猫在梁上，花猫的叫声甚是刺耳，听得白素贞心烦意乱。这时花猫忽然从梁上跳下来，撞倒了供桌上的供盘，供盘掉落在地，果子也滚得到处都是。小青听到客厅的打碎声响，急忙赶来，便问："姐姐，刚刚发生了什么?"

白素贞摇摇头说："是一只野猫跑到了院里，不打紧!"

小青看着院外踮着脚尖，不疾不徐地对野猫说："该死的野猫，也不看看这里是什么地方，敢来扰青姑奶奶的清净!"被小青这么一提示，白素贞看着外面夜空星光微弱，院内的桃花枝头虽有含苞的花骨朵，但是被上蹿下跳的野猫给摧毁了三两枝。白素贞走到门口，掐指寻纹，算出这花猫事出有因。

白素贞一叹气，说："哎，官人有难!"

"姐姐，难道你算出什么了?"

白素贞说："我算出官人现在在伏龙寺惹出了人命案子!"

"啊，人命案子? 莫非官人误诊了?"

"青儿，你赶快随我去一趟伏龙寺!"

"姐姐且慢!"小青忽然拦住白素贞。

白素贞不解地看着小青："怎么了，青儿?"

"姐姐，南山的伏龙寺后面，就是雷峰塔!"小青说。

白素贞看着小青,不明白她在说什么,小青接着说:"难道姐姐你不知道,这雷峰塔上的摩尼宝珠,就是我们的克星,况且那里还有高僧法海在此日夜诵经!"

白素贞听闻,一手抚在衣领间,一手扶在腹间,她低下头,眼泪便流了出来,说:"我是去救官人,又不是去害人,纵然是上刀山下火海,我也不怕!"说罢,便信步走了出去。小青放下拾起来的果子,说:"姐姐,等等我!"

南山伏龙寺的山门紧闭,外面看起来一派安静,寺内已经是人来人往。有略通医术的僧人看到了许仙开的药方子,犯了十八反,此话一出,之前不敢唐突的住持,这次索性将许仙锁在了厢房。白素贞和小青来到伏龙寺山门前,小青见山门空无一人,便说:"别以为门上扣锁就能难倒我们!"

白素贞上前阻拦:"小青,佛门净地,千万不可莽撞! 你前去叩门吧!"

开门的师父问二位是谁,一听说是保安堂的白素贞来访,吓得连忙关门,这下急得白素贞连忙上前叩

128

门，并且哀求法师开门。门内的法师说："你相公把法师给治死了，我劝你们还是省省吧!"白素贞扶在门上说："法师，纵然我家官人误诊，你们也要把门开开，让我进去看看究竟啊?"

法师说："不是我不开，实在是不能开，平日你们保安堂借佛敛财，白素贞更是假借菩萨名号沽名钓誉，断人慧根。这等大事，整个钱塘的庙观都知道了，岂能让你们来寺院张牙舞爪。"白素贞一听到这等说辞，一时间急得眼泪都下来了。小青看着白素贞趴在门上大哭，气得直跺脚。她看着寺门口的大银杏树，便从袖中挥出宝剑，一顿乱砍，白素贞担心小青乱来，便冲到小青面前，说："青儿，小不忍则乱大谋，官人还在里面，我们不可乱来!"

气急败坏的小青说："我最讨厌这个'忍'字，明明知道他们不会放过许相公，你还是在这里忍，忍了又能怎样，还不是自己一个人承受着痛，无人知晓罢了。依我说，他们不开门，我们就破门而入，实在不行，这区区杏黄院墙，还能拦得住你我?"

守山门的僧人听到外面的动静，赶紧向客堂汇报，住持知道此事，立马到了后山，去请雷峰塔的法海禅师。小青在山门一顿挥剑狂舞之后，寺内依旧没有什么动静，便游说白素贞："姐姐，这寺里的和尚跟那殿内的木佛一样如如不动，他们是不会开门的，看我用宝剑将门锁劈开！"说时迟那时快，小青顺着山门一挥宝剑，剑锋劈入门缝，锁链瞬间一劈为二，门锁"哐当"一声，掉落在地上。小青和白素贞径直从山门冲进去，刚走到大雄宝殿，寺院常住僧人两序而入，将白素贞和小青包围住。此时的白素贞已经做好最坏的打算。白素贞看着两旁的僧人问："我家官人在何处？"

"白素贞，佛门虽广难进无缘之人，本来只是关许仙，查明真相后，还我伏龙寺一个交代。既然你硬闯，那就别怪我们强留，要怪也只能怪你拜佛走进吕门庙。"

小青听寺院的和尚这么一说，压根没放在眼里，而是轻飘飘地说一句："青姑奶奶我可不是吃素的，咱们还是看自家本事吧！"一群和尚正在向白素贞和小青一步步逼近，白素贞和小青双剑合璧，小青说：

"我姐妹的剑可是不长眼睛的，你们这帮空心汤圆，不等我们出招，估计个个都躺得跟卧佛似的！"

白素贞眼睛微微斜视着小青，说："青儿，不准口无遮拦，犯了恭敬！"这时候，持棍的僧人将手中的棍子劈来，紧挨着的小青和白素贞瞬间分开，棍劈在地，如同惊雷声响。另一旁僧人也挥着棍子，从小青的侧面划过，一招黄龙卧道，迫使小青立马闪躲。她步伐矫健，身如游蛇一般，从几个僧人的身后一闪而过。只见这几个僧人瞬间空翻在地，小青将手中的剑收了回去，拍了拍衣袖上的褶皱和灰尘，说："就你们这三脚猫的功夫，还敢在佛祖面前逞强！"

正当小青得意的时候，从大雄宝殿屋檐上，一根禅杖飞来，白素贞一丈之内，将手中的剑推出，她一手捏着剑柄，一手持着剑心，宝剑横挡禅杖，只见禅杖和宝剑同时被震落在地。

"白素贞，别来无恙？"站在屋檐上的法海，衣袂飘然。

"别来无恙？"白素贞将落在地上的宝剑收起，抬头看着屋檐上的法海说。

"怎么了，上次西湖，你不愿意现身相见，这么快就忘了！"白素贞听法海这么一说，想必自己和小青的来历他已然了如指掌，白素贞怕这样纠缠下去，众人皆知，一挥手封住了在场所有人的六音。

　　白素贞说："法海禅师，我们姐妹二人行走人间，并未行为非作歹之举，今日是他们扣留我官人在先，我姐妹二人实属无奈，才出此下策来此要人，并非逾越雷池。"

　　"青白二蛇，念你们千年修行实属不易，我劝你们赶快离开这个是非之地，不要在此聒噪！"

　　小青一听法海亮出自己的底细，心中大不快，她对白素贞说："姐姐，你千年修行，我五百年道行，怕这个和尚做什么。"白素贞低声说："小青，不得无礼，法海禅师是得道高僧，我们不可怠慢！"

　　白素贞双眼湿润，她无奈地看着法海说："禅师，出家人慈悲为怀，道女白素贞也曾受观音菩萨点化，用杨枝甘露净我六根，行走人间，我收敛身心，并不曾让身上的妖毒扩散！只是如今官人误诊，还不明缘由，便被伏龙寺的僧人扣下！"

"盗窃官银，帮菩萨隐瞒南海鲤鱼精下凡，也是属于收敛身心吗？白素贞你这是掩耳盗铃，还是暗室欺心？"白素贞没想到她和小青之前的所作所为，法海禅师都知道得一清二楚。

白素贞连忙解释说："县令搜刮民脂民膏，调戏良家妇女，荒淫无耻，引来了蟾蜍精在此窝点，吸食金银，强行修炼金身，并非我跟小青去偷盗官银。"

"人间自有人间的法度，菩萨当年让你来人间历劫，并不是让你来扰乱人间的秩序，你若强行逆天而为，不但你千年修行功亏一篑，就连你自己估计都会魂飞魄散。"

白素贞摇摇头说："法海禅师，我千年修行就是为了有明心之性，慈悲之心，如果置若罔闻，妄为修行之道。"

法海禅师说："怒其不争，难道你不懂得这个道理吗？白素贞，有用用中无用，无功功里施功。你千年修行，难道还不如一介凡人的慧根吗？况且你巧借菩萨名号在人间施舍恩惠，美名之下，你可知道，捧杀比棒杀还要恐怖吗？"

白素贞一心想着许仙，根本听不进法海的劝告，着急的她擦拭着眼角的泪水，再次哀怜道："人间的法则我不懂，我只知道行躬打坐，是为入定之原；布施恩惠，此乃修行之本。如果连这个都做不到，我跟左道旁门有什么区别？"

"涅槃遗臭壳，又不脱凡尘。你可知道，这蟾蜍精千年修行为何形容宠皱？"法海禅师看了看白素贞，接着说，"他千年潜心修行，用自己的千年道行吸食南湖戾气，为人间免去了灾难，但是他时机未成熟，还未转毒为法，便妄想成仙。修成正果，飞升成仙，岂是那么容易的事情。不想他心怀怨恨，恨天不公，从此进入旁门，妄想金色修身，如果不是他操之过急，如何能成这等模样。白素贞，百尺竿头须进步，十方世界立行藏，修成玉像庄严体，极乐门前是道场。你与许仙，是缘更是怨，是怨也是愿，你虽然布施恩惠，但是默许人间百姓称你为菩萨化身的美誉，就是错。这人世间，多少借佛敛财，假借名号之事，都是这等缘起，最后结果又是怎样，你可知其中的厉害？"

"姐姐，你不要听这和尚絮絮叨叨！"白素贞若有所思，法海见青蛇不知天高地厚，贡高我慢，便呵斥道："孽畜，菩萨乃是广大慈悲，法力无边，亿万化身，以心会意，以意会身。你白素贞只是恍惚之间，雕虫小技，如何能化作菩萨。善恶千端，不染不滞才是净业。"

小青说："你高高在上，说什么众生平等，一口一声孽畜，我问你，这是什么平等。都说我们蛇信分叉，善恶不分，我看你们人类上下两瓣嘴，是非颠倒，以黑抹白行事悖乱，才是好坏不分。"说罢，小青飞到屋檐上，准备跟法海斗法，法海抛出钵盂，金光罩住小青。法海指着小青说："若是再敢放肆，看我不打你的七寸。"

小青已经不顾生死，理直气壮地说："我们蛇好歹还有七寸，你们人，关键的时候就没了分寸。"白素贞生怕小青激怒法海，有性命安危，便也不顾那么多，飞上了屋檐，凌空一脚，把钵盂踢走了。法海舞起禅杖，只见禅杖化成一条金龙，绕着白素贞，白素贞不敌金龙，被困其中，眼看着要被金龙收服，白素

135

贞肚子上闪出一道金光，金龙瞬间又幻化回禅杖。

法海被金光击退了几步，不可思议地说："白素贞，你竟然……"

"法海禅师，俗话说宁拆十座庙，不毁一家亲，还请法师能够提携！"

法海收去神通，说："白素贞，鞋破了也是你自己走出来的，他日人间是恩是怨，都需要你自己去化解。许仙只是被伏龙寺扣押，并没有什么危险，你若是有本事，就按照人间的法则来引许仙出寺，如果强行在人间卖弄神通，早晚有一天落个东海黄公的下场！"

白素贞一听到"东海黄公"便浑身酥软。空手而回的白素贞，坐在床头大哭，伏龙寺斗法，她也感到自己的行为过于莽撞，但是一想到许仙在寺院关着，便惶恐不安。小青从厨房做了一些点心，端给了白素贞，白素贞此刻茶饭不思，面色也有些恍惚，小青便问："姐姐，为何法海一提到'东海黄公'，你就脸色大变呢？"

白素贞说："这是一个很久远的传说，东海有个叫黄公的人，能用法术治老虎，后来年老体衰，加上饮酒过度，就再也不能使用法术，最后被虎给吃了！"

"啊！难不成是法海在恐吓我们？"

白素贞摇摇头，说："不是恐吓，是提醒，更是警告。你我行走人间，就如同那东海黄公一般，如果哪一天不慎周天全乱，法力全无，恐怕就要命丧人间！"

"姐姐，有你说的那么严重吗？"

白素贞点点头，说："要想修成人，必须经历人之根本。"

"什么是人之根本。"

"无常！"白素贞斩钉截铁地说。小青听不明白这是什么意思，便问："那姐姐，许仙误诊，不就是无常吗？依我看人祸是无常，天灾也是无常，这世间的万事万物都不离无常，这哪里是人之根本，分明是世间的规律。若是依此来看，你我何苦还去大闹伏龙寺，惹了一身难堪，岂不是自讨苦吃？"

白素贞说："理是这个道理，但是自己的这颗心，一想到官人受难，却难以安住。"

"姐姐，那法海的法宝，为何不能近你的身？"

白素贞笑了笑，面容显得有些憔悴。小青接着问："姐姐，你千年修行，为何现在动辄就是弱不胜衣呢？"

白素贞抚了抚脸，说："姐姐日后告诉你！"小青拿起点心，说："姐姐，你也累了，吃点点心。"

白素贞吃了一口说："这点心怎么酸酸的？"小青笑着说："我看姐姐近来胃口不好，便在点心里放了一些山楂，山楂健脾开胃。难道不好吃吗？"

白素贞摇摇头说："好吃，就是酸味不够，如果再酸一点就好了。"

第二天一早，小青和白素贞准备再去伏龙寺，她们这次不是去硬闯，而是去探个虚实。白素贞刚在店铺交代好柜上的事情，街面上便有一群人蜂拥而至，往同一个方向跑。白素贞走出门口，见百姓纷纷议论："伏龙寺的和尚倒在了街上，你说说他们前段时间满大街的叫魂，害人性命，你看现在谁还敢救他们。"

白素贞一听叫魂，不知从何说起，正要赶去弄个明白，小青却说："姐姐，难不成你又想去救人？"

白素贞看了小青一眼，说："青儿，难道你我见死不救吗？"

"许仙已经进去了，难道姐姐也想进去吗？伏龙寺的和尚就是瘟神，是太岁，惹都惹不起。"白素贞听小青这么一说，戳了一下小青的额头，说："你啊，这张嘴就像是刀子一样！"

"姐姐，想起昨天法海护短，我就来气，我就是咽不下这口气。"

"小青，人命关天，这时候你是咽不下这口气，还是想结这个怨呢？你这不是争口气，而是结仇！"说罢，白素贞便向街面走去，果真见一个和尚躺在街边的柳树下，已经奄奄一息。

白素贞正要走去搭脉，不料被旁边的老婆婆拉住："白娘娘，你是活菩萨再来，但是这伏龙寺的和尚，一个个都会叫魂，已经有很多人受害，你还是不要去管这种事情。"

白素贞眉毛向上翘了翘说："哦？老婆婆，寺院法师叫魂，你们是亲眼看到的吗？"大伙都摇摇头。

白素贞接着说："那各位都没有看到，怎么料定是伏龙寺的僧人所为呢?"

大家都答不上来，白素贞笑着说："既然大家都没见过，为什么要相信空穴来风的事情呢，况且菩萨劝人为善，伏龙寺法师又怎么可能行旁门左道之事呢? 更何况救人一命胜造七级浮屠，我们不看僧面也要看佛面啊!"白素贞上前为僧人把脉，好在有惊无险。街头的百姓个个观望，因为大家都认为白娘娘碰到和尚就会有生命危险，但是这一切都跟他们所想的不一样。白素贞看了看人群说："不知道哪位大哥肯帮忙，把这位法师搀回我们保安堂?"但是人群中互相推让，没有人愿意出面。

白素贞说："各位父老乡亲，我以保安堂的名义向大家担保，如果你们碰到法师会出什么问题，白素贞愿意舍弃性命来赔罪。"白素贞素来在钱塘一带的口碑好，有这么一句话，大家的恐惧也渐渐减弱。有两个男丁便自告奋勇，把伏龙寺的僧人搀扶到了保安堂，但是还有一些热心的百姓，担心这只是假象，一时发作没那么快，为了白素贞的安危，大家自愿跟着白素贞一起去保安堂。

　　白素贞用银针点昏迷的僧人，几针下去，人便缓缓醒来，不想这僧人忽然大叫："快救人啊!"吓得大伙纷纷后退，以为是妖魔附体，要来叫魂。

　　僧人醒过来，一见眼前都是百姓，白素贞也在一旁，立马吓得后退："你不是假借菩萨名号，专门断人慧根的白素贞么?"白素贞一听这句话，眉头一紧，一旁的小青气得双手叉腰，说："姐姐，你看，真是好心当作驴肝肺!"大伙一听，也纷纷摇头。白素贞略显尴尬地说："这位法师，或许我们保安堂和伏龙寺之间有什么误会，但是请你不要害怕!"

　　"许仙都把我们常住僧人给医死了，你这不是在报复我们吗?"大伙一听僧人这么说许大夫，纷纷疑惑起来，不肯相信僧人的话。其中有一位老伯说："你们这些吃素的和尚，敢情是偷嘴吃猪油蒙了心，许大夫医术高明，怎么可能会把人医死了?"

　　白素贞说："各位，或许这里面有什么误会。不过，请法师你不要害怕，我们刚刚见你躺在街边的柳树下昏迷不醒，是什么人把你弄成这个样子，昨晚都发生了什么?"

这僧人方才想起昨晚被一团黑烟追杀的事情,他连忙缩成一团,把昨晚的事情说给大家听,大家听得一愣一愣的。白素贞问:"有官兵在河边被打?"

僧人点点头,白素贞说:"那你能不能带我们去看看,救人要紧!"僧人说:"我就是见到这位官兵被一个黑影追打,我才上前制止,没想到这个黑影追着要杀我,后来我不知为何,就昏倒在柳树下。"

白素贞一见法师手上的手串,颇有灵性,料定是这手串救了僧人一命。在几番询问之下,白素贞让大家一起跟着僧人,连同小青,拿上药箱,一同去了案发现场,果真在河边见到一名衙役昏倒在那里。白素贞赶紧上前,掀起了衙役的上眼皮,看了看,说:"还好,小青,赶快拿出银针,再迟就救不了人了!"

白素贞用银针往衙役的后脑勺扎了几针,脖颈处的瘀血被放了出来,衙役便有了知觉,双眼也渐渐地打开。大伙一见,便纷纷鼓掌。

衙役醒后,白素贞连忙问:"这位大哥,是什么人把你打成这个模样?"衙役看了看周围,欲言又止,白素贞其实也猜出个八九。这衙役一眼认出是白素贞，立马下跪，千恩万谢白素贞的救命之恩。白素贞说："这位官大哥，不是我救了你，而是这伏龙寺的法师救了你，若不是法师，我们都不知道你在这里遇难。"

这名衙役甚是感激，赶忙说出："法师真是慈悲啊，我们老爷把叫魂事件嫁祸给你们，你们还不怨恨，法师真是慈悲啊！"白素贞一听，知道这里面又是县令在暗中搞鬼，便故意问："官老爷，你为什么有此一说啊？"

"白娘娘，谢谢你的救命之恩，再叫我官老爷，我都要羞死了，县令老爷让我找几个替死鬼假冒和尚在街上化缘，然后让官兵当众捕抓。我只不过是抱怨了几句，就被县令逐了出来，没想到半路还派人暗杀我。"大家一听，便咬牙切齿地说："竟然还有这事？"

"县令老爷之前想登雷峰塔，不料雷峰塔是佛门禁地，法海禅寺不肯拿佛法作人情，老爷便恼羞成怒，借着大家对叫魂巫术的畏惧，就把一个叫智旸的游脚僧抓了起来，把罪名扣在了他的头上，并咬定智旸是从伏龙寺出来的和尚。没想到狱里智旸法师得了瘟疫，狱头便把智旸法师赶了出去，还是我托人把智旸法师送到了伏龙寺，才得以安顿！"衙役接着说："县令原以为这件事情能让法海禅师服软，没想到法海禅师修为深厚，并没有被这些是是非非所干扰，县令便恼羞成怒，准备变本加厉，再给僧侣穿小鞋，挑起百姓和信众对佛教的不满。"

旁边的僧人一听智旸法师是在狱中得了瘟疫，便猜想到并非许大夫误诊出了人命，便问道："难道这智旸法师不是许大夫误诊而死的？"白素贞更是喜出望外，原本不知道如何替许仙洗脱罪名，不想如今清者自清，案子也峰回路转。

山重水复疑无路，柳暗花明又一村。没想到几件八竿子打不着的事情联系在一起。白素贞求百姓跟着衙役同刚刚救下的法师，一齐到伏龙寺说个明白。大伙一听是保安堂的事情，个个都愿意为保安堂澄清冤情，伏龙寺住持听闻这些事情之后，也如当头棒喝。大伙知晓事情的来龙去脉之后，对于这样的坊间误会，谁也没想到这场矛盾同时也化解了伏龙寺在钱塘一带的声誉。至此之后，伏龙寺和附近几家寺院的香客又恢复到往日的香火旺盛，僧人在街上行脚，大家也不躲避和嫌弃，信众也开始信受奉行。

被救出来的许仙，更是为这件事情笃定自己的行为，说："心底无私天地宽，我就说嘛，好人会有好报的！"

果熟自然红，莫问如何修种。冬去春来，鹊上树梢，钱塘的三月，草长莺飞，江南的韵味也因为柳树而多了几分灵动，置身在其中，不知道是梦里有柳，还是柳里有梦。白素贞和许仙泛舟湖上，在西湖的美景中，白素贞眼波流转，顾盼生姿，和许仙的你侬我侬之间，无限柔情。断桥人来人往，苏堤更像是浮在了水面上。船摇曳在湖面上，忽然白素贞一阵干呕，许仙立马关心地问："娘子，你这是怎么了？莫不是生病了，我给你把把脉！"

白素贞摇摇头，说："官人不必担心！"许仙不放心，硬是要为白素贞把脉，没想到一搭脉，许仙两只眼睛瞪得大大的，白素贞羞答答地说："官人，你快要当爹了！"

许仙立马拉着白素贞的手说:"我许家有后了!"然后关心道:"娘子,如今你身怀六甲,以后举止行动要多加小心。"

二人欢喜的声音,与这西湖三月波光粼粼的湖面一样,透着舒心。

第五回

端午现形

怀孕的白素贞，被许仙照顾得无微不至，凡事都不让白素贞亲自出面，保安堂的一切事务，也都是许仙在打理。

白素贞闲来无事，经常和小青一起去寺院拜佛上香，因为身怀六甲诸多事情不方便，对蟾蜍精的暗查，也全都托付给了小青。奈何小青道行太浅，一直对蟾蜍精的行踪不甚清楚。

在圆通宝殿拜完菩萨后，提着篮子的小青挽着白素贞往山门外走，小青喜笑颜开地说："姐姐的孩子，日后可不就要叫我姨娘了？"

白素贞笑着说："这才几个月，这么着急当姨娘啊！"正聊着，小青看到前方法海走来，拉着白素贞说："姐姐，你看！"

法海站在天王殿的门口，仿佛是在等白素贞，白素贞犹豫了一番，握了握小青的手，向前走去，走到法海禅师面前，欠了欠身子行礼。

法海禅师说："你千年修为，如今在人间同凡人结为夫妻，多有不便，当日我赠鲤鱼精一串佛珠，今日也赠你一串，危难之时，这串手串，必能护你平安。"

小青嗤之以鼻地说："我们才不稀罕你这破珠子呢，我和姐姐自有本事，用不着你来保护。"

白素贞拉了拉小青的手，叫了一声"青儿"，呵斥她不要言语冒犯。

白素贞笑着对法海禅师说："我如今身怀六甲，出行多有不便，待到临盆之际，阴阳全乱，法力也会随之消减一段时间，还是法师想得周全，护我母子平安！"

法海禅师似笑非笑地说："你如今怀的是文曲星君，日后必定会造福苍生。护你，也是护佑苍生。"

"文曲星君？"白素贞不可思议地抚了抚肚子，她万万没想到自己所怀胎儿，竟然是文曲星转世，白素贞喜出望外。小青刚刚的傲慢和目空一切也被这个天大的好消息给抛到了九霄云外。小青立马接过佛珠，放下了手中的篮子，将佛珠戴在了白素贞的手上，然后二人拜别了法海禅师。

刚走进天王殿，小青发现篮子中的供果没了，小青翻着篮子说："咦，怎么就一转眼的工夫，篮子里的供果都没有了呢？"

白素贞看了看空篮子，然后又看了看四周，说："供果本来就是拿来上供用的，没有就算了，省得再拎回去。"

"这馋嘴的偷儿，竟然敢打青姑奶奶的主意，这可是我千辛万苦从山上采摘的供果。"这时候，小青见天王殿两侧的供花似有不对劲的地方，便一挥手，袖子里甩出一条青丝，不想五只鬼从四大天王神像脚下被牵了出来，小青上前拍着这五只鬼的头，说："你们一个两个五个，竟然敢偷你青姑奶奶的东西。"

其中一个被打得比较重的鬼说："还有第三个和第四个也偷了！"气得小青又拍了一巴掌说："你们这群死鬼，竟然敢跑到寺院作死！"

这五鬼当中的一个鬼说："青姑奶奶饶命，我们是寺院驮神的小鬼，常年吸食寺院的香火，才得了灵气，今天见到姑奶奶你的供果不同一般，我们就嘴馋了，不想扰了姑奶奶的驾，还请姑奶奶见谅！"

一旁的白素贞听闻这五鬼有些造化，便给小青使了一下眼色。小青说："你姑奶奶的果子，是西湖边上一棵吸收天地灵气的果树结的，虽然比不上天上的蟠桃，但是对我们修行之人而言，可以降伏心火，助益修为，今天你们馋嘴，吃了我们的果子，日后你们就跟着我，我必当不会亏待你们！"

五鬼有点为难，小青呵斥道："怎么了，跟着我，会让你们吃亏吗？好歹我小青也是有名号的，总比你们在这里做孤魂野鬼的强！"

"只是我们五鬼靠吸食香火才能得以修行，若是强行跟了你离开寺院，怕我们在人间被黑白无常勾去，那可就惨了。做鬼好，做人太痛苦了。"

小青说："我不需要你们随时跟着我，我需要你们的时候自然会召唤你们，现如今，你们身上已经长了我小青的头发，这头发随时可以召唤你们。如果你

152

们敢阳奉阴违，看我不把你们打得魂飞魄散，永世不得超生！"等小青呵斥完，白素贞上前说："几位也不必害怕，我和小青都是保安堂的，虽然咱们出生不一样，但都是修道之人，行走人间，多有不便，大家互相扶持，也多个照应。"

小青介绍说："这是我的姐姐白素贞，曾在峨眉山修行，是黎山老母的门下，又得观音菩萨的点化。"

五鬼上下打量了一番白素贞，说："怪不得白娘娘周身毫无妖气，竟然能承蒙菩萨点化，我们五鬼能得白娘娘赏识，愿意跟随白娘娘和青姑娘鞍前马后。"

白素贞一伸手，拿出了五粒丹丸，说："这是我在峨眉山修行的时候，留下来的千年果丸，这果丸吸收山中百年灵气，已被我炼化，可助你们行走人间，不被脏污破法，不被普通法物照见。"五鬼一见白素贞出手这么阔绰，个个都心服情愿，愿意跟随。

白素贞对小青说："青儿，大家相识一场，又都是玄门修行之人，解开他们身上的咒语！"小青迟疑，五鬼立马下跪，掏出一根骨笛说："白娘娘果真慈悲心肠，不过青姑奶奶不必担心，如果日后想要召唤我们，吹一下这根骨笛，我们立马就会显现。"

白素贞和小青从寺院出来，又路过断桥，看着断桥上的风光，白素贞想起了当年跟许仙见面的地方，她不禁感慨一句："真快啊！"

"姐姐，什么真快啊？"白素贞坐在路边的石头上，说："我和官人，还有你，都是在这断桥认识的，转眼间过得那么快，如今我都已经快要身为人母了！"

小青看着白素贞的肚子说："姐姐现在喜怒哀乐，越来越像个人了，但是看着你这么累，我也越来越担心了！"

"哦？你担心什么呢？"

"姐姐，我们妖为什么那么麻烦变成人呢，就是希望有朝一日能够飞升成仙，但是我看姐姐现在一心沉浸在做人的喜怒哀乐之中，又被那么多条条框框、天理地理给限制，真心替姐姐感到累！"白素贞听小青这么一说，微微仰起头，笑着说："成仙之人，就是与天相争；修道者，便是与人相争。天道难过，人道更是难以琢磨，不成人怎么能够成仙呢？青儿，那日法海禅师不是已经告诉我们蟾蜍精的下场了吗？千

154

年修为，为人间除去戾气，却自己难以消化，落得个现在模样。而我们蛇与生俱来就有毒，凡人见了，十步之外都瑟瑟发抖，我们身上虽然没有戾气，但是却有妖毒，又如何在这三界安心行走呢。人间历练，去毒修心，以人间的苦来压制我们的毒，我想这就是当年菩萨对我的暗示。"

"哼，我们的蛇毒比起世人内心的狠毒算什么，再说我小青活了五百年，害过谁？"

"众生的根基不同，今后所走的路不同，或许这就是宿命，若想逆天而为，就要承担一切后果。这段时间我一直在想蟾蜍精，本是心怀苍生，却因为别人看法导致一念之差，入了旁门，如今堕入魔道，日后必定是你我的劫难。"

"劫难？难道姐姐算出什么了吗？"小青一听到"劫难"二字，便浑身发抖。白素贞点点头，小青不明所以，便问："姐姐现在身怀胎儿，不是法力在减弱吗？这些你又如何算出来的？"

白素贞说："我的法力减弱是不假，但是不到临盆之际，我的法力不会全部消失。几年前，菩萨说我迟了，我一直在悟这句话。这段时间，我想，不是我迟了，而是我该面对了！"

小青跪在白素贞面前，说："姐姐，无论如何，姐姐一定要记得还有青儿，青儿的命是姐姐救的，哪怕姐姐上刀山下火海，青儿也愿意跟随！"

白素贞说："青儿不必担心，我还有孩子跟官人的牵绊，凡事我都会有主张的。"

小青忽然反应过来："哦，所以今天姐姐这么慷慨，赐五鬼仙果！"白素贞笑着点点头。小青说："既然姐姐算出日后必定会有祸端，那会不会殃及游娘呢？"

白素贞说："游娘触犯天条，这是早晚的事情，她会为她的一意孤行而付出沉重的代价。"

"触犯天条？姐姐，你是说游娘非我凡间的精灵？"

白素贞说："是的，我早就知道游娘并非来自西湖，而是南海观音池中的鲤鱼，因在壁画里跟段安阳相遇，便私自下凡，趁机把龙女的玉钗也一并偷下了凡间！"

"这个游娘，也太不地道了，枉我小青跟她这么多年的交情，连我都骗！"白素贞摇摇头说："青儿，你不要责备游娘，她也有难言之隐，或许不愿意让你跟她一起承担后果。虽然游娘的修为没你的高，但是她毕竟每日俯首听经，在菩萨那里也是得了一些大智慧。行走人间，每个人都有自己的秘密，不是每个人的秘密都需要公之于众，即便是佛前明灯，也会有灯下黑的一幕，更何况我们。"

回到家后的白素贞，见许仙在翻箱倒柜地找东西，白素贞便问："官人，你在找什么？"

"今天官差大哥来保安堂收春税，我一时拿不出银钱，便向吴掌柜借了三十两，这不，我明明记得这钱放在柜子里，可为什么就找不到呢？"白素贞说："官人不要找了，柜里的银钱被我拿去捐给了寺院。你若是需要钱，我让小青到铺上去支点银子。"

许仙把柜子关上，搂着白素贞坐下，说："娘子，你现在怀有身孕，这些小事，你就不必操劳了！"白素贞抚了抚脸，笑着说："哪就那么娇气了。"

"娘子，你就好生休养，我到铺上去了。"白素贞立马起身，问起："嗳，官人，你刚刚说春税三十两银子，怎么这么高的税收？"

许仙说："可不是么，街坊邻居叫苦连天，若是哪一家不给，这些官兵立马围堵店面，搞得人家连生意都做不好了，大家只好忍气吞声，拿钱打发了。只是可怜了那些穷苦的老百姓，虽然没有咱们赋税那么多，但是对于他们而言，再少的税收都是雪上加霜，真是春秋无闲田，农夫犹饿死。"

说到这里，许仙摇摇头，然后斜视着白素贞说："娘子，你又不听话了，刚才还跟你说，你怀有身孕，不宜多操劳，现在又开始瞎操心，都快要当娘的人，怎么还是那么不听话呢？"

这时院外传来了叫喊声："请问，白娘娘在吗？"

这是游娘的声音，许仙赶快将门打开，迎游娘进了屋，然后自己去了前厅的药铺，游娘看了看许仙，白素贞说："不打紧，官人本来也要去前厅的！"

游娘满脸的焦虑，又迟迟不语，白素贞见她这等举动，便问："游娘有什么话不妨直说！"

游娘吞吞吐吐地说："今天衙役的人找到段郎强

行交春税……"说到这里，游娘忽然不说了，白素贞笑了笑起身，从一个不起眼的匣子里拿出了三十两银子，说："这等小事，游娘还拐弯抹角，你是真的见外！"

"但是……"游娘正准备说，白素贞便安抚说："虽然我跟小青是姐妹，但是你和我们都是修行之人，我怎么会顾此失彼呢，日后游娘大可促膝谈心。"

"白娘娘，我来不是因为春税的事情，而是段郎拿不出那么多春税的钱，县衙的人趁我又不在家，强行在家中搜查，把我那支玉钗给抢走了！"

白素贞一起身，气急败坏地说："岂有此理，这些人专横跋扈，强取豪夺，置百姓水火于不顾。"白素贞问游娘："你这玉钗，可有办法施法收回来？"

游娘说："有，但是我去了县衙附近试了试，奈何我法力低微，无法压制县衙的官气，不能将玉钗召回！"白素贞想了想，耳语告诉游娘，游娘点点头，然后带上银两离开了。

许仙在店铺里忙手忙脚，好几个客户过来买雄黄，都没有买到，许仙让伙计把小青叫到铺上，说：

"青姑娘，下次你再去采办药材的时候，多买点雄黄回来！"

小青一听到雄黄，侧目而视，说："你要雄黄做什么？"

许仙摆出一副言者谆谆的姿态，说："当然是客人需要了！"

小青追问道："客人要雄黄做什么？"许仙摇摇头，问："我是叫你青姑奶奶，还是叫你亲姑奶奶呢？"然后向小青行了一个礼，小青上下打量着许仙，说："好端端的，给我行什么礼？"

许仙说："你是先生，我是学徒，先生考学徒，学徒当然要给先生行礼了！"许仙嬉皮笑脸着，然后说："客人要雄黄，当然是要预备着端午喝雄黄酒啊！"

小青看了看外面的街道，许仙接着说："这不，马上要过端午节了，备一些雄黄，驱除蛇虫，一年不生病！到时候啊，你跟娘子也要喝雄黄酒，我们一家才能平平安安！"

小青"啊"了一声，然后勃然变色地说："喝你个大头鬼啊!"

"什么?"

小青忽然反应到自己言语有失,连忙解释:"我是说,姐姐现在身怀有孕,还是不要碰这酒为好!"说罢,小青准备往后院去。

许仙摇摇头,自言自语道:"我不就是让你采办点雄黄,至于发这么大的火气吗?肯定是肝火旺!"没想到小青并没有走远,听到许仙的絮絮叨叨,然后回身说:"你不搭筋不搭脉,你怎么知道我肝火旺,背后嚼舌根,当心被阎王爷割舌头!"

许仙摆了一个白眼,低声道:"我是医生,除了搭筋搭脉,我还会望闻问切!"这时候,白素贞从后院走来,便袒护许仙,责备小青:"青儿,你怎么又跟官人吵起来了?"

小青愤愤不平地说:"你们两口子就是一个鼻孔出气,所谓的夫妻相就是互相影响,姐姐,你现在跟许仙久了,也变得专断,你都不问个子丑寅卯,便在这里周吴郑王地指责我。"白素贞说:"我跟许官人是夫妻,我跟你是姐妹啊,你为什么要这么厚此薄彼呢?"

"你们只有彼此,哪有我这个外人容身!"小青更是委屈。许仙听闻,便说:"我们什么时候把你当成外人了,我就是让你采办一些雄黄,以备端午节上货,你就在这里咬牙切齿,像蛇一样凶猛。我要雄黄是为了驱除蛇虫,搞得我好像是在赶你走一样。娘子,你说说这是什么理?"

白素贞一听许仙这等比喻,面容瞬间发窘,支支吾吾不知道说什么好,小青更是大发雷霆,说:"我要是那蛇,我就一口把你吃掉,连骨头都不会吐出来,让你永世不得超生!"

白素贞立马呵斥道:"小青!"

许仙更是据理力争,说:"你看看青姑娘说的,她幸亏不是蛇,要是蛇,恐怕连我跟娘子都一起吃掉了。"白素贞更是尴尬,立马拉住许仙,说:"官人,你就不要跟小青一般计较!"

小青此刻觉得自己倒不是把许仙咬了一口,而是许仙张开毒牙狠狠地咬了她一口。小青流着委屈的眼泪,敢怒不敢言,说:"许仙,没想到你是这样忘恩负义的人，不是我们妖恶毒，而是你们人比我们还要狠毒！"

小青伤心至极，无心中说出这么一句，许仙见小青拂袖而去，一时没明白小青的话，不解地眨巴了几下眼，说："什么你们妖，我们人的，我就是打个比方，你就混为一谈，这未免也太七窍玲珑心了吧！"

白素贞赶紧打圆场，说："她这是被气的，青姑娘就是刀子嘴豆腐心，你还不了解她的？"白素贞担心小青一时莽撞，出去做出什么糊涂的事情，便跟许仙打了一声招呼，追了出去。白素贞一路追到了西湖边，只见小青在湖边挥着宝剑一通乱砍，然后双手紧握，发出内力，使得树摇水崩，湖面荡起水花。

白素贞连忙制止，小青待理不理，继续挥剑，白素贞连连闪躲，欲夺小青手中的宝剑。小青也不甘示弱，说："这许仙还不知道我们的真实身份，就这般偏见，如果哪一天我们身份暴露，岂不是倒戈相向，对我们赶尽杀绝！"

"官人怎么会对我们赶尽杀绝呢？"

小青说："还没拿刀杀我们，他的这张嘴就已经利得跟一把刀似的。"小青越想心中越是怒火难平，她置气地说："姐姐，青儿要违背诺言了，从此以后青儿便在西湖底下潜心修行，绝对不再做姐姐跟许仙的眼中钉！"

"青儿，你是在生官人的气，还是在生我的气。若生官人的气，他只不过打个比方，你何必小题大做呢；若生我的气，我处处在缓和你们之间的误会，你是在气我什么呢？"白素贞说。

小青冷冷地看了白素贞一眼，说："我怎么敢生姐姐的气，分明就是那许仙一张嘴比雄黄还要伤人！"

白素贞知道此时不好跟小青据理力争，免得节外生枝，白素贞便想："倒不如，我装作不舒服！"

想到这里，白素贞故作肚子痛，扶在柳树旁，小青一见白素贞这等状态，立马上前搀扶着白素贞，关心地问："姐姐，你这是怎么了？"白素贞摇摇头，说："可能刚刚是我太生气，不小心动了胎气！"

"姐姐，你没事吧，你不要吓青儿！"果然这招苦肉计管用，白素贞继续装作楚楚可怜的样子，说："我现在怀有身孕，官人又是一介凡人，没想到人间历劫，如今走到这步田地，竟然无人可依。"

小青说："姐姐，你这说的是什么话，难道青儿是废人吗？"

"那你还丢下姐姐走不走？"小青不好意思地说："姐姐，那不是我在说气话吗！"

白素贞看了看四下，说："刚刚被你一闹，差点忘了正事！"小青看着白素贞问："姐姐有什么事情吗？"

白素贞说："县衙强制让百姓交春税，弄得民不聊生，今天游娘告诉我，衙役趁她不在家，从段安阳手中抢走了那枚玉钗，我担心这枚玉钗落入坏人的手中，所以想派你今晚到衙门走一趟，一探究竟！"

小青看了看头顶上的日头，说："姐姐，若是往日姐姐指派我任务，我会不打一个马虎眼，但是眼见端午来临，我的法力也明显在减弱，恐怕我会在县衙暴露！"

白素贞说："这个我自然想到了，所以要和你商量对策，让游娘和你一起夜探县衙！"

"游娘？她已经为段安阳耗损了百年的修为，如果让她去县衙这种官气浓厚的地方，那岂不是鱼游沸鼎吗？姐姐，这事情还是我小青冒这个险吧！"

白素贞摇摇头说："你忘了我们还有帮手？"

"帮手？谁啊？"

白素贞莞尔一笑，说："五鬼！"

小青一听到五鬼，拍手叫好，说："对啊，我怎么把他们给忘了，我们忌讳端午节，五鬼可不怕!"白素贞凑到小青的耳旁，对小青讲夜探县衙的计策。

夜黑风高，小青用召唤术把五鬼给召唤而来，小青问五鬼："你们吸食那么多人间烟火，一定会使用迷烟大法吧？"

五鬼说："这是我们的看家本领，哪怕你上千年的修为，只要闻到我们的迷魂烟，保你死睡半个时辰，凡人更是睡上一天一夜。"

小青拍手叫好，跟几位窃窃私语，商量着晚上的行动，然后就往县衙的方向奔去，但是五鬼过于小心，走在路上鬼鬼祟祟的，小青一见这几人磨磨叽叽，便问："让你们去个县衙，怎么一个个鬼鬼祟祟的？"

其中一个鬼说："我们是鬼，当然鬼鬼祟祟的！"

小青瞪大眼珠，打了一下这个鬼的头说："你们这几个鬼，耽误了白娘娘的大事，看我不打死你们！"

没想到这个俏皮的鬼说："人死了是鬼，鬼死了是什么？"另外一个鬼应和："鬼死了，当然是死鬼喽！"说罢，他们五鬼哈哈大笑。小青一把捏住了这个俏皮鬼的耳朵，说："敢戏耍你青姑奶奶我，当心我把你封在天王脚下，永世不得脱生！"

"小青姑娘，你可手下留情，你是不知道，我们做鬼的晚上走路，可是要当心，夜路走多了一不小心就摔跤，只要摔跤在地上，我们就要重新做人了，做人是件多么恐怖的事情，也只有你们妖精才一门心思地想成人，我们鬼才没那么傻呢！"

小青抬头忽然听到打更，说："哎呀，都是你们给耽误的，快，千万别误了时辰！"

游娘早就躲在县衙门口等着小青的到来，没想到小青还带了五个帮手。五鬼个个跳到衙门大门的围墙上，然后从口袋里拿出香炉，往县衙里吹烟，不一会的工夫，县衙里连狗叫声都没有了。

小青和游娘穿门而入，进入县衙，小青说："游娘，你要快一点召回玉钗！"游娘说："不用召回，我已经感受到玉钗的灵气了，就在县令的房间！"小青赶快把五鬼叫来，然后在县令的房门前，吹入了迷魂香，只听屋内传来了县令打呼噜的声音。

　　小青想起临行前白素贞的提醒："虽然我们还没有查清楚这蟾蜍精的藏身之所，但是他肯定跟这县令沆瀣一气，诌上欺下，你夜访县衙，需要多加小心蟾蜍精，谨防他在暗处发现。"

　　小青便问五鬼："你这迷魂香，当真对神鬼都有用?"

　　五鬼拍拍胸脯说："小青姑娘你大可以放心，我们的迷魂香再不济也能管用半个时辰！"小青这下放心了，一挥手，他们一帮全都穿门而入，进入县令的房间。此时的县令身上并没有穿官服，小青说："游娘，不必担心，他现在伤不了你！"

　　游娘走到县令的床头，仔细地打量了一番，发现玉钗就在县令的枕头下，游娘不方便去拿，看了看五鬼，其中一个鬼便跳到了县令的床上，从枕头下把玉

168

钗取了出来，递给游娘的时候，这个鬼满腹狐疑地又看了一眼县令。

小青说："看什么看，又不是黄花大闺女引得你这个色鬼流连忘返!"接着小青说："你们五个，施法叫醒五名衙役!"

这时小青施法控制住县令，被小青控制住意识的县令，叫了五名衙役，责令他们连夜把从百姓那里搜刮来的春税一并还回去!

接到命令的衙役感到莫名其妙，私下责备道："收税的时候繁刑重敛，现在又让我们火急火燎地连夜把银两送回去，这叫什么事嘛?"话刚说完，五名衙役背后一阵风，瞬间后背一阵凉，五鬼附在了他们的身上。被五鬼附在身上的五名衙役，立马像是变了一个人，他们迅速地到了银库，将往日所收的银两和账本悉数取出，行动干净利落，不到五更，眼疾手快的五鬼已经挨家挨户敲门，把所有的春税都还给了百姓，并且非常顺利地把五名衙役的肉体还回了县衙!

天刚刚亮，小青便假借给白素贞送果子的由头，早早地将夜间的行动一并告诉了白素贞，白素贞眉开眼笑，说："这叫完璧归赵。"

白素贞问小青："可见到蟾蜍精没有？"

小青说："五鬼使用了迷魂香，并没有见到蟾蜍精的身影，我也感受不到蟾蜍精的气息，说来也奇怪！"

疑窦丛生的白素贞说："这蟾蜍精离不开银两，为何这个时候又不见踪影，来无影去无踪，到底是在哪里呢？"小青疑惑的事情并不在蟾蜍精的身上，而是问白素贞："姐姐，游娘的来历这么特殊，而且还持有龙女的宝物，你又是受过观音菩萨的点化，如今我们在人间瞒着观音她老人家，是不是有违天规，如果有一天观音菩萨怪罪下来，你我可担当不起！"

白素贞说："我也曾疑惑过，但是上次在伏龙寺跟法海禅师交手，那法海早就知道游娘的来历，他都没有向菩萨告知，我又何苦呢？再说游娘现在跟段安阳情投意合，过着人间美满的生活，并没有做伤天害理的事情，我又何苦拆散人家呢？我想，游娘至今还能平安留在人间，菩萨自然是有她的安排，你我心照不宣就可以了。"

小青不懂，白素贞说："有时候，心照不宣并不代表大家不知道，而是比谁知道得都多。只不过大家都看破不点破而已。"

这一日大街小巷，人人都欢欢喜喜，大家都为县令老爷主动退还春税感到开心，纷纷从家里拿着早就包好的粽子送到县衙。也是到这一刻，县令才发现自己像是撞了鬼一样，才会在半夜像是梦游一样，把春税退还了回去。痛心疾首的县令又没有办法发飙，强颜欢笑地收下了百姓的粽子，担了这个虚名，但是心中却是气恨难消，他重打了五名衙役，并将他们轰出了县衙。

转眼端午逼近，大街小巷都在洒雄黄，蟾蜍精原本想借着春税，再到县衙银库大肆吞噬一把银两增加修为，但是没想到竹篮打水一场空，他算出是白素贞在暗中使坏，便决意要还手。蟾蜍精在街角处观察着保安堂的一举一动，在心里放话："好你个青白二蛇，你多次坏我好事，我并不曾要你性命，今日是你自动找死，就别怪我心狠手辣。我倒要看看你毒还是我狠。"

蟾蜍精正想得出神，这时候他忽然听到许仙在保安堂门口送客的声音，接着看到青蛇也跟了出来，和许仙一起上街。

明日就是端午节正日，按照人间的端午节习俗，家家户户都要喝雄黄酒，白素贞深知自己躲不过，她便指使小青一同跟着许仙去买雄黄酒，然后掉包成普通的米酒。小青同许仙买好酒后，小青趁铺上没人注意，便将雄黄酒换成了普通的酒，而这一切，都让蟾蜍精看得清清楚楚。蟾蜍精心想："好你个青白二蛇妖，想在端午节瞒天过海，那我就来个故技重施，明年的这个时候，就是你们的忌日！"

端午节前夕，小青把所有的事情都给办好了，准备端午节当天，到西湖底下避难。临行前，小青不放心白素贞，说："姐姐，要不你跟青儿一起到西湖底下躲避一天吧，端午节正日阳气太重，我怕你会现出原形。"

白素贞说："我已经和官人结成夫妻，这个时候我若是贸贸然离开，势必会引起官人的怀疑，青儿，你不必担心，姐姐我千年修为，这么多年端午节都能熬过来!"

"姐姐,但是你如今身怀有孕,我担心……"

"青儿不必担心,只要我不喝雄黄酒,就不会现出原形!"小青点点头,说:"店铺的雄黄酒我已经掉包成普通的酒了,姐姐你可要多加小心啊!"

白素贞看着小青憔悴不堪,满脸通红,便说:"青儿,你修为太低,这还没有到端午,你就成这个样子,你赶快躲进西湖,再迟我怕你会现出原形!"

此时游娘赶来,她料定白素贞和小青在端午节会受罪,特地赶来送玉钗。游娘说:"白娘娘,这玉钗是极阴之地的千年宝玉所炼化而成,戴在头上,能帮你驱除端午的阳气,如今你怀有身孕,更是要多加小心!"

游娘的出现可谓是机巧贵速,这玉钗的作用也如柔风甘雨一般,游娘说:"这玉钗是宝物,作用多着呢,但凡修为达到一定境界,可以用意念催动玉钗御水。"

白素贞担心地问:"这玉钗是你防身用的宝贝,你给我,岂不是置你于火坑之中?"游娘将玉钗插到白素贞的发髻上,说:"其实游娘早就知道,白娘娘和青姑娘早已知道游娘的来历,依然能够守口如瓶,替游娘隐瞒身份,这份大恩大德,游娘永世不忘!虽然游娘的修为尚浅,但是这人间的端午节对我并没有多大的影响,反倒这玉钗对白娘娘的用处大,只是青姑娘怎么办呢?"

小青擦了擦额头的汗,说:"我正在和姐姐商量,立马动身到西湖底下避难!"游娘见到小青这个样子,说:"可是现在外面烈日当头,这里到西湖还有一段路程,还是我送你回西湖吧!"

白素贞感激万分,说:"有游娘护送青儿,我就放心了!"

端午正日,保安堂药铺早早关门,后院也封锁,白素贞虽热,但是有玉钗护体,对于白素贞而言,还能从容应对。白素贞试探地问许仙:"官人,前几天我让你跟小青去买酒,你买了没有?"

许仙点点头,说:"买了,就放在前厅的药铺柜上,我现在去取!"

白素贞思虑再三,正话反说:"你我结为夫妻,都没有正儿八经过端午节，今天我们要应节气行风俗，喝一杯雄黄酒！"

许仙叹了一口气，故作满眼责备的眼神斜视着白素贞说："娘子，虽然雄黄酒可以驱邪，但是你现在身怀有孕，怎么可以喝雄黄酒？我跟小青在街上买的酒就是加了一丁点雄黄的普通米酒，应个节罢了！"说罢，许仙转身到前厅去取酒。白素贞听到这话便放心了。

这时，天空一道青光，小青从天而降，极其虚弱的她浑身发烫，白素贞惊讶地问："青儿，这个时候，你不躲在西湖底下，怎么回来了？"

有气无力的小青说："姐姐，西湖上大量游客在赛龙舟，也不知道怎么的，今年不同往年，他们大量地往西湖泼雄黄酒，我实在难抵雄黄酒的气味，无处可躲，只能回来了！"

白素贞四周看了看，只有后院的莲花池里可以躲避，白素贞连忙把头上的玉钗摘下，握在了小青的手中，说："青儿，赶紧拿着这个玉钗躲进荷花池里！"

小青擦着额头的汗珠说："姐姐，这玉钗你给我了，你怎么办?"

白素贞说:"不打紧，我千年道行，纵然是小喝一杯雄黄酒也没多大问题，倒是你，千万别现出原形，吓坏官人!"

这时候，从前厅传来许仙的呼唤声:"娘子!"

小青一转身幻作一条青蛇，一头扎进了荷花池。许仙从前厅走来，抱着一坛酒，说:"咦，我刚刚听到娘子在和人说话，正在好奇，忽然又没人，难道是我幻听，这是怎么回事!"

白素贞故作微笑掩饰心中的慌乱，说:"莫不是这天太热，是官人的幻听!"

"天热吗?"

白素贞急忙掩护，说:"人家现在是孕妇嘛，体温自然比一般人要高，也更怕热!"

昔日热闹的街头，此刻也人烟稀少，想必都忙着与家人团聚，许仙见这种良辰美景，无人打搅的机会又甚是难得，便和白素贞在桌上说起了夫妻之间的家常，你你我我不分彼此。

席间，许仙为白素贞斟了第一杯酒，许仙含情脉脉地说："娘子，我许仙一穷二白，今生能和娘子结为夫妻，此乃三生有幸。这一杯，我敬娘子，愿我们夫妻白头偕老，芝田日永!"白素贞一听到这甜言蜜语，喜得她，面红心跳得如同那西湖水面泛起的波纹。白素贞见许仙一饮而尽，也款款饮下了这杯酒。

许仙为白素贞添了第二杯酒，许仙娓娓地说："娘子，娶妻生子，成家立业，我许仙何德何能，让白娘子全都操办，让我许仙出人头地。这一杯，我敬娘子，愿我们合家幸福美满，花好月圆!"白素贞一听到这人间烟火的愿景，润得她，春风满面如同那苏堤春来花红的景色。白素贞见许仙开怀畅饮，也缓缓喝下了这杯酒。

许仙为白素贞倒了第三杯酒，许仙情意绵绵地说："娘子，你不仅貌若天仙，心肠也如南海观音，行医济世，从不大斗小秤，这等慈悲心肠，为我许家后代积福积德。这一杯，我敬娘子，愿娘子福慧双增，有求必成!"白素贞一听到这事事顺心的祝愿，惹得她，寻幽如梦好似游戏瑶台的仙境。白素贞见许仙浅啜慢饮，自己也渐渐饮下了这杯酒。

这时，许仙为白素贞夹菜，白素贞欲起身，不想身子沉重，又坐下了，许仙忙搀扶白素贞，惊道："娘子，你身上怎么这么烫?"然后连忙把手摸到白素贞的额头上，白素贞摇摇头说："官人，不打紧的!"

这时候白素贞的肚子开始疼起来了，许仙又连忙关心地问："娘子这是怎么了?"白素贞双手捧在腹间，说："不知道为什么，我的肚子绞着痛!"

"绞着痛，这是为什么啊?"忽然白素贞闻到酒坛子里的酒有些不对劲，便问："官人，这酒里被人添了什么?"

许仙赶紧抱着坛子闻，自言自语道："是谁在这酒里添加了雄黄粉和五行草?"

白素贞一听到五行草和雄黄粉，立马惊慌失措。许仙满腹疑团，不明白是谁在酒里添加孕妇的大忌"五行草"，白素贞无力地挥着手说："官人，赶快把这酒拿开!"

许仙听闻，立马抱起酒坛子，就往院里跑，白素贞见闻，慌慌张张地紧闭房门，在床上打坐运功，逼出体内的五行草毒和雄黄酒热!而许仙，不知道如何处理这酒坛子里的酒，一见院里有荷花池，便把大半坛雄黄酒连同坛子一同扔到了荷花池。

　　泡在荷花池中的青蛇，哪里能够沾得了半点雄黄酒，更何况是大半坛子的雄黄酒，此时的青蛇，在荷花池里翻腾着，平静的荷花池水面随着青蛇一丈长的尾巴在水中上下乱摆，也变得水花四溅。正在运功的白素贞，听到外面的动静，料想到小青出事，但是此刻身上的五行草毒和雄黄酒气还没有被逼出来，一时之间也无法动弹。这时许仙猛敲着房门，就是不见白素贞开门，而院里的荷花池翻动的声音，也让许仙感到莫名其妙。许仙前去一探究竟，没想到池中荷花倒了一大半，池水也变了颜色，许仙伸长了脖子，从地上捡了一根棍子，准备搅进池子里看是何物。没想到刚一搅动，就戳到了一团硬邦邦的东西，许仙用力去捣，青蛇忍不住疼，一翻身翘起头。登时，许仙面前出现一条大蟒蛇，两只眼睛如同灯笼一般，张着血盆大口，吐出蛇信，许仙一声"啊"，吓破了胆，晕倒在池边。青蛇经过了一番奋力的挣扎，也精力全无，躺在了池边。屋内运功的白素贞心中万般焦虑，却不敢在这时候停止自我疗愈，她一挥手，房内的窗户打开，月光从窗户漫了进来，白素贞吐出金丹，双手伸出鹿指，吸收着月华。

隔壁的游娘，见保安堂后院月华笼罩，一眼就判断出有人在借助月光疗伤，游娘一转身，飞到了院内，没想到眼前的一切让她吃惊万分：许仙昏倒在地，小青现出原形，也躺在地上一动不动。游娘试着将手指伸到许仙的掌心，不想通身冰凉，再碰小青，却浑身发热，一个是没了魂，一个是没了灵。游娘见莲花池里泛着碧波的光，一挥手，玉钗从池里飞到她手上。她见屋内月华满屋，便破门而入，果真是白素贞在疗伤。游娘见机立马驱动玉钗，为白素贞接引月华，不一会，黯淡无光的金丹便泛起了光芒，白素贞一吸气，把金丹吞到腹中，此时的她面色也恢复了往常，白素贞立马放开双盘的腿下地，问："官人呢？"

游娘看了看院外，轻轻地说："许大夫他被小青吓破了胆！"白素贞立马冲出房门，院外的一切诚如游娘所言。白素贞如玉山倾倒在地，哭得是梨花带雨，游娘说："白娘娘，现在千万不要慌，先帮小青恢复原形，我们再从长计议。"

　　白素贞双手摆出莲花手，月光洒在小青的蛇身上，一旁的游娘说："白娘娘，我助你一臂之力！"她催动着玉钗，玉钗散发出的丝丝凉意，正好跟青蛇身上的热毒相抵抗，半昏半醒半醉的青蛇开始缓缓地动弹了。白素贞深吸一口气，念道："胸中自有三乘法，行坐摄受四谛饶，修得太虚成正果，幻化了了身逍遥，蜕皮化人，变！"口诀一出，青蛇变回人形，摇摇沉重的肩膀，晃了晃脑袋，从地上起来，一见许仙躺在地上，荷花池也仿佛是在一场暴风雨中被搅得花残叶破，小青意识到事情的严重性。她见白素贞趴在许仙旁暗暗流泪，便问游娘："刚刚发生了什么？"

　　游娘说："你现出了原形，把许仙吓破了胆儿！"

　　白素贞掐指算了算，说："官人现在三魂七魄不全，我需要找法海禅师！"

　　"姐姐，我陪你一起去！"

　　游娘还是不放心，也一同跟了去！

　　夜深人静，法海独自一人坐在雷峰塔内诵经，一阵风吹来，法海立马合上经书，从塔内走了出来。白素贞一行现身，立马跪在法海面前："法海禅师，道女白素贞深知冒昧前来，打扰禅师修行，但是我家官人命丧黄泉，请禅师大慈大悲，救我家官人一命！"

法海见许仙面色全无，疑惑地问："这……"

白素贞说："端午正日，没想到官人买的酒被人下了雄黄粉和五行草，害得小青现出原形，吓死了官人！"

法海合掌叹息说："生死有命，许大夫已经一命呜呼，我也无能无力！"

白素贞哭哭啼啼说："禅师见多识广，必定能救我家官人，请禅师大发慈悲，道女愿意今后一生如素，报答禅师的救命之恩！"白素贞一边祈求法海，一边跪在塔前，给法海禅师磕头。

法海禅师凝视很久，说："凡间的术法已经不能让许大夫起死回生，况且许大夫现在魂魄不全，若想起死回骸，除非……"

"除非什么，就算是上刀山下火海，白素贞也愿意！"

法海犹豫再三地说："除非南极仙翁的回生草！"

白素贞喜极而泣，立马给法海磕了响头，说："谢谢法海禅师告知，恳求法海禅师看好我家相公的肉体，我现在就去昆仑山，祈求仙翁能够赐仙草！"

"南极仙翁的昆仑仙山结界重重，又有鹤童和鹿童两位仙童看守，你一个区区千年修行的蛇妖，又如何能拿到仙草，白素贞，我劝你早早放下，不然后果不堪设想……"不等法海禅师说完，义不容辞的白素贞便斩钉截铁地说："如果一命换一命能换回官人活过来，我愿意舍弃千年道行，被打入万劫不复之地。"

说罢，白素贞和游娘架起许仙，走进了雷峰塔，法海正要阻拦，不想白素贞和游娘竟然能平安无事地突破雷峰塔的结界，进入塔内。法海一时在心中纳闷道："这游娘，是观音菩萨坐下的灵鱼，又有龙女玉钗护体，能进入雷峰塔倒不是什么难事，但是白素贞明明还是妖，为何能轻而易举地进入雷峰塔，却不被佛光所伤，难道雷峰塔的摩尼宝珠已经失去灵性，还是因为文曲星护体？"正在思索中，不想一道光把小青挡了回来，法海抬头看了看塔顶放光的摩尼宝珠，灵气依然萦绕在雷峰塔周身。

小青以为是法海在背后作梗，回头见法海如如不动，再次试图走进雷峰塔，不想还没踏进塔门，又被一道金光弹了出来。此时雷峰塔内的佛像开始放光，任何妖魔鬼怪见此都会在十里外发抖。法海说："青蛇，切勿以卵击石，雷峰塔禁地，岂容你乱闯！"

　　法海走进雷峰塔，端详着满眼泪珠的白素贞，而一旁的游娘，万万没想到雷峰塔内供奉的佛像也有菩萨的金像，连忙又跪又拜。游娘在心中祷告："弟子游娘深知犯下滔天大罪，但是我真的不忍见到段郎每日对着壁画以泪洗面，所以才下凡度他解除祖上留下的恶果诅咒，万望菩萨成全，弟子愿意承担一切责任！"这时案桌前出现了几个带有金光的字，"离于爱者，无忧无怖"，游娘见后，深知这是菩萨给她最后的暗示，她也预感到自己的大限即将到来，但是这一切都是一饮一啄，如人饮水。游娘紧闭双眼，对着菩萨顶礼！

　　此刻法海眼中的白素贞，已然是一个活生生的人了，白蛇修炼成人，竟然不知不觉，悄无声息，这世间万物的蜕变真是如同游戏。白素贞一挥袖子，在许仙的身旁变出一盏油灯，白素贞说："请禅师务必看好这盏油灯，一旦灯灭，说明我跟官人都要一同命丧黄泉，若七日未归，还请禅师代为安顿相公的遗体!"

说罢，白素贞走出塔门，小青说："姐姐，祸是我闯的，我要跟你一起去昆仑山!"白素贞决意要独身前往，便说："这不关你的事，你留下为禅师护法!"白素贞一转身，驾云腾空，飞入星空。

法海禅师长长地叹了一口气说："好一个至情至善、设身处地的白娘子啊!"

昆仑山上五色祥光，萦绕的紫烟，白素贞在云头望去，此刻云间显现昆仑仙山，三冬草木群山点缀，九夏冰霜群峰覆盖。白玉浮云，不时传来鹤唳，山坳清泉泛玉，八面有多孔窍通流，白素贞按下云头，脚踏昆仑宝地。

仙山宝地，滋养身心，一夜奔波的白素贞本来是倍感疲倦，但是一被这仙界灵气滋养，瞬间身心舒适，神清气爽。白素贞四处打量，小心翼翼地寻觅着，不知不觉走到了一处尽是花草的洞穴，白素贞跪在洞外，说："道女白素贞乃黎山老母门下，今来仙

185

山，为救人命，万望仙翁能赐仙草一株!"白素贞接连说了三遍，都不见有人回应，白素贞看了看天，心急如焚，在心里叨念着："相公时日不多，我不能这么耗下去了!"

想到这里，白素贞顾不得那么多了，直接冲到洞府，洞内是潺潺流水，碎溅琼瑶。这里的露花匀嫩，可解闺怨春愁；眼前灵芝，可调春恨秋悲。白素贞一高兴，准备伸手去采摘，没想到这光芒如同刺一般扎得人难受，白素贞又去采摘，又被金光刺到。

白素贞心里打鼓，一时着急得流泪，忽然白素贞灵机一动，将白绫一挥，没想到就绑到了一支灵芝，白素贞立马掏出袋子，将灵芝放入袋中，准备离开仙洞。没想到这时传来声音，甚是有穿透力："大胆白蛇妖，胆敢擅自盗取灵芝仙草!"

白素贞往云头一看，原来是一只仙鹤，白素贞心想："糟糕，仙鹤是我的死对头，这下只能智取。"

白素贞立马下跪，陈情道："道女白素贞乃黎山老母门下弟子，在峨眉山修行，今天冒昧来此仙山，就是为了向仙翁借仙草一株，救人续命!"

鹤童现身，说："这灵芝仙草乃我昆仑镇山之宝，死人吃了可以起死回生，若是落在了妖孽的手中，可以增补百年修为，岂是你一个不自量力的蛇妖说要就要的？"

白素贞继续说："救人一命胜造七级浮屠，我也实属无奈，才冒死前来求取仙草，望仙童慈悲，赐我仙草一株，他日位列仙班，定不忘仙童的解囊相助！"

"少在这里啰嗦，我看你千年修行实属不易，留下仙草，放你一马！"

白素贞见软的不行，只好硬拼，从袖中甩出雄黄宝剑，说："要想从我手中拿回仙草，除非打下我手中的雄黄宝剑！"

"不自量力的白蛇妖，胆敢在此大放厥词，看我今天不把你打得原形毕露！"听到鹤童如此一说，白素贞说："就你也配，不管是人是妖，只有在至亲至近之人面前才会现出本来面目！"说罢，鹤童展开双手，如箭一般向白素贞冲来，白素贞闪躲不及，鹤童一个转身往白素贞肩上打一掌，白素贞显然心慌意乱，只能将手上的宝剑挥到老，狠狠向鹤童刺去。鹤童见白蛇挥剑手法步步到位，躲闪到一旁，白素贞见洞门未堵，瞬间喜出望外，立马向洞外冲了出去。

鹤童骂道："好你个狡猾的白蛇妖，竟敢声东击西，看是你跑得快，还是我飞得快!"鹤童化成白鹤冲入云霄，白素贞本来想变成白蛇，但是想着一旦现出原形，必定会伤及腹中的胎儿，她抬头见白鹤穷追不舍，见眼前有一仙池，池水深不见底，白素贞心想："你是天上飞的，我到水中，你就奈何不了我了!"

白素贞跃入水中，银涛碧浪之间，白素贞消失得无影无踪。仙鹤在水面盘旋两周，不想听到了仙翁的召唤，仙鹤立马按下云头，变为人身，飞到仙翁面前："禀告师父，那大胆白蛇妖竟敢来我仙山盗取灵芝仙草!"

仙翁抚了抚一丈多长的白胡子说："随她去吧，那仙草已经是她的了!"

鹤童失意地说："这白蛇妖肆意妄为，竟然主动投到仙池，我跟师父修行几千年，都不敢沾这洗髓池中半滴水!"

仙翁笑了笑说："她一个下界精灵都敢跳入洗髓池，你一个仙界的仙鹤却不敢，你可知为何？"

鹤童摇摇头，仙翁说："爱河千尺浪，苦海万层波，心有清凉地，自有洗髓果。虽然她原形是白蛇，现如今她活在众生心中，虽然异类怕洗髓池，但是她投入池中，犹如菡萏花开月正明。"

鹤童挠挠头表示不懂，仙翁一拂尘甩到鹤童的头上，说："你且修着吧！"

白素贞顺着洗髓池往下方游，起初只是觉得这水触碰到肌肤有些疼痛，渐渐地便觉得清凉。忽然看到面前有两条岔道口，白素贞心想：这两条岔道口我该走哪一条好呢？

白素贞看着这两条岔道口，一条水清可见底，一条碧波之中泛着青色、蓝色、银色、夕阳的红色。白素贞心想，我到这一条五颜六色的岔道口，刚好可以避开鹤童。

在云头的仙翁见白素贞选择了这条流入凡间的岔道口，心中有些失望，他摇了摇头说："终究是尘缘未了啊！"原来这两条岔道口，一条清可见底的河流是流入青天的，从这条河流上去，便是仙缘契合，另外一条五颜六色的河流，是流向人间的。

雷峰塔内，在白素贞和鹤童斗法的时候，许仙面前的油灯忽明忽暗，法海用佛前的灯油加持许仙的这盏灯，仍然是无济于事。雷峰塔外，月朗星稀，眼见就要天亮，法海坐在佛前，诵着《药师经》，忽然雷峰塔前一道金光，是白素贞从天而降。游娘见到这道金光，心中甚是纳闷："这白娘娘去了一趟昆仑山，不但平安无事，为何周身气息与之前大不同！"

法海上下打量了一番白素贞，破颜微笑，欣慰道："精诚所至，恭喜你，白娘子！"

"白娘子？禅师如何这般称呼我？"

法海说："取得仙草，蜕变而归，伐毛洗髓，游戏三昧。"白素贞听法海这么一说，也不太明白，而是欠了欠身子，进入雷峰塔内。

白素贞一挥手，将灵芝仙草绕着许仙的肉体三匝，灵芝化作一道光，从许仙的鼻孔进入，只见许仙面色瞬间红润，冰凉的身体也逐渐暖和起来。

白素贞不见小青，便问："青儿哪里去了？"

游娘指了指塔外大树上，看见被点了穴的小青挂在树上，白素贞不用问，就知道是小青一意孤行，想硬闯雷峰塔，却被法海禅师制服。

白素贞从供桌上摘下一片花瓣，甩了出去，如同一片飞镖，花瓣给小青解开了穴，全身麻木的小青从树上掉了下来，疼得小青抱着头，揉着腰，搓着屁股，晃着肩膀，小青自言自语道："这样把我定在树上，还不如让我端午喝雄黄酒现出原形呢！"

白素贞跪在法海禅师面前道谢："白素贞感谢法海禅师的指点和救命之恩！"

法海禅师说："不是我救了许仙，而是你！"

白素贞说："无论如何，也是禅师的指点，我才知道如何去救我的相公，之前我不懂游娘为何舍弃百年修行，用自己身上的鳞片救她的相公，如今我也是如人饮水冷暖自知了！"

一切有情皆无挂碍。法海明白了法力尚且低微的游娘能进雷峰塔，不仅仅是因为她是观音坐下的鲤鱼精并有龙女的玉钗护体，更主要的是游娘此番偷下人间，在世法之中获得了无上的法门，那便是慈悲。这也是白素贞能够只身前往昆仑仙境，并能够安然无恙地跳进洗髓池中脱胎换骨，毫发未损的原因所在。

法海禅师欣慰道："你还是好好想想，如何向许施主交代你的身份吧！"白素贞回头看了看从昏死到昏睡的许仙，犹豫了半天，向法海拜别，几人在风雨中，回了保安堂！

第六回

人间瘟疫

夜黑风高，县衙忽然几道光飞出，直冲西湖一角。

穷追不舍的蟾蜍精，一直追小青到了西湖南岸，小青现身，不再逃跑。蟾蜍精放出狠话："青蛇，我三番五次对你和白蛇容忍，没想到你们不仅得寸进尺，开家药铺也就算了，还多管闲事，我看你们真是活腻了。"

"容忍？你这个癞蛤蟆说话果然是跟你长得一样恶心。端午节你暗做手脚，在酒里下雄黄粉和五行草，害得我现出原形，许官人吓破了胆，这就是你大言不惭的容忍吗？"蟾蜍精听小青这么一说，笑道："你们这两条蛇还是不笨么，看来我的雄黄粉下得还不够多!"

这话气得小青挥手摘下几片树叶变成飞镖，甩向了蟾蜍精，蟾蜍精踢出飞石，将飞镖击落在地，蟾蜍精说："几日不见，你青蛇功力上涨啊！"

小青拍拍手，得意地说："托你的福，若不是你害得我在端午节现出原形，我都不知道五百年修行，第二次历劫就是在端午这一天！"说罢，小青像风一样，唰一声飞到蟾蜍精身边，出手一掌，蟾蜍精反应倒快，双手接掌，小青说："今天就让你尝试一下青姑奶奶的厉害！"

蟾蜍精得意地说："是进步了，但是招数还是嫩了点，真是初生牛犊。"蟾蜍精甩出小青，小青侧空翻，连躲了蟾蜍精两招！

这时候五鬼、游娘和白素贞现身，将蟾蜍精包围，蟾蜍精见他们是有备而来，并非单独地去盗官银，但是此时想要逃，又逃不掉！

白素贞说："蛤蟆精，枉你千年修行，做出如此偷鸡摸狗之事，若不是南极仙翁的仙草，今天我就让你给官人陪葬！"蟾蜍精在心中纳罕："这天界一向看不起下界妖怪，这白蛇精竟然能求得仙草！"

白素贞接着说："今天我故意让小青去县衙盗库银，就是为了设下圈套引船就岸，今日我们必要降伏你，免得日后你为虎作伥！"

蟾蜍精胸有成竹地说："到底是你引船就岸，还是我引蛇出洞？果然妖精就是妖精，连个蛇字都不敢提！我就先让你这白蛇现出原形。"

白素贞以傲雪凌霜之姿，说："好啊，那我要看看你够不够这个资格！"

小青按捺不住，说："姐姐还跟他啰嗦什么！"说罢，便从袖子中甩出宝剑，向蟾蜍精挥去。

一阵打斗，难分伯仲，白素贞身怀有孕，也不敢妄动法力，斗法的时候，也只敢用五分力，蟾蜍精就是仗着白素贞的招数空有其表，便招招出狠，幸亏有五鬼和游娘多番拆招，白素贞才免于受伤。

一番打斗在昏天黑地里刀光剑影，小青虽然刚历劫成功，修为上升，但是招数上还缺乏经验，接连好几次都险些中招。五鬼虽然是在寺院修行，但在蟾蜍精眼中也不过是鬼蜮伎俩，蟾蜍精也是占着这点优势，有恃无恐。虽然白素贞这方人多，但是和蟾蜍精交起手来，也是不分上下。眼见白素贞这方要占下风，在暗地里的法海忽然现身。

此时蟾蜍精的精力已经耗损了不少，法海的出现，让蟾蜍精内心七上八下，也显得手足无措。蟾蜍精正要逃，五鬼四周拦截，法海抛出金钵，罩住了蟾蜍精，蟾蜍精见逃不掉了，只好放出戾气。法海不想蟾蜍精如此歹毒，连忙用金钵收取戾气，蟾蜍精见法海此时已经分身乏术，便遁地而逃。这下气得小青直跺脚，埋怨道："好不容易将他从县衙引诱出来，这下好了，又让他落荒而逃。"

法海伸手准备取回空中的金钵，游娘立马阻拦，说："禅师，这戾气甚是厉害，当心中计！"说罢，游娘取下发上的玉钗，抛向空中，玉钗绕着金钵三匝，只见金钵中的戾气渐渐消失，金钵的金光也恢复如常！

白素贞单手扶在树干上，另一只手抚在腹上，显然有些憔悴，小青连忙问："姐姐，没事吧！"

白素贞摇摇头，勉强一笑："兴许是刚刚同蟾蜍精斗法的时候，我用力过猛，伤及了胎儿！"

小青气得牙痒痒，说："这蟾蜍精甚是狡猾，跟县令沆瀣一气，几次捉拿他都无济于事！"

五鬼互相看了对方一眼，又看着小青不语，小青气没地方撒，见五鬼又鬼鬼祟祟的样子，便说："你们这帮鬼，不都说你们是诡计多端么？怎么现在各怀鬼胎，如果你们敢阳奉阴违，看我不收拾你们才怪！"

其中一个鬼说："怎么青姑娘到现在还是不相信我们五鬼，虽然我们是鬼，但是我们做事情却是比人还要像人，不像那些凡人，心怀鬼胎，道貌岸然，我们鬼才不会这样呢！"

"那你们刚刚那副鬼模样，做什么？"

五鬼说："只是有一件事情，我们不知道当说不当说！"

"你真是一个唠叨鬼，有话快说，管什么当说不当说的！"五鬼听小青这么一说，支支吾吾起来："这事情倒是跟青姑娘有关，只是说出来，怕青姑娘又要要挟我们五鬼了！"小青左顾右盼，看了看法海，又看了看白素贞，小青说："跟我有关，姑奶奶我做事情一向光明磊落，有一说一，凭什么说是我在要挟你们!"

五鬼说:"其实,衙门里的那个县令早已经不是人了!"

"什么?"大家听五鬼这么一说,异口同声地惊讶道。五鬼勉为其难地说:"这县令早就灵魂出窍,他阴魂不散,有一日飘到寺院,想来告状,没想到被寺院的护法神给拦了下来,后来被蟾蜍精给收走。如今蟾蜍精就是附在县令的肉体里,只不过他身上的飞禽官徽掩盖了他身上的妖气和戾气,你们无法发现而已。"

白素贞心中思量:"怪不得这蟾蜍精来无影去无踪,没想到用这种移花接木的把戏瞒天过海。"法海说:"县令乃人间的朝廷命官,蟾蜍精不仅人间作恶,还扰乱朝廷用人,这样的罪孽,足以把他打入九幽深处。"

小青听了之后,虽然震惊,但是也很奇怪,她问:"这跟我有什么关系?"

五鬼说:"青姑娘这个问题问得好,关键这件事情就是青姑娘一手造成的,人间的朝廷命官,又不是寿终正寝，那是如何死于非命的呢？青姑娘，你好好想想。"小青忽然想起了那年县令夜访白府，在府上挑衅骚扰，她在西湖边上给县令一顿教训的事情，但是万万没想到，这县令这么不经打，竟然死在她的手上。小青不敢直视法海，法海冷冰冰的双眼紧紧盯着小青不放。小青满脸绯红，斜眼看着五鬼，心想："看我不弄死你们才怪！"

许久之后，法海问小青："你当如何解释！"小青瞠目结舌，支支吾吾半天说不出一句完整的话。小青拉了拉一旁的白素贞，没想到白素贞也不曾言语，小青不得不敷衍地说："没想到他就那么的不经打，我就轻轻地扇了他一尾巴，就轻轻地，没有用力！"

法海掐指算了算，说："你一个小青蛇，这等肆意妄为，做事没轻没重，早晚有一天，你会为你的行为付出代价的！"小青知道理亏，这个时候也不便同法海说辞，只能赔笑，目送法海离开！

小青立马转身，照着五鬼的头拍："你们一个两个三个四个五个，有什么话不会同自己人说啊，非得当着外人说啊，幸亏那死和尚没跟我计较，如果他要给我难堪，看我不整死你们才怪。"没想到法海忽然出现在小青的背后，法海问："外人，这里除了我和白素贞是人，还有人吗？"法海的声音吓得小青连忙转身，向法海行礼，然后出手推法海，说："禅师，起心动念皆是修行，你可要摄好念头，一天之计在于晨，你也该回雷峰塔做功课、敲木鱼了，众生等着你念经超度呢。"法海连忙闪躲，说："青姑娘，请自重！"小青心想："没想到你法海也有软肋！"

法海说："日后息灾，你青蛇务必要进紫竹林收摄身心！"

漫漫长夜，日出破晓，坐在红烛旁的白素贞若有所思，睡梦中惊醒的许仙忽然从床上坐了起来，大喊道："娘子，小心！"吓得白素贞立马起身，见许仙满头大汗，变貌失色，连忙给许仙擦汗。

许仙缓过神儿，松了一口气说："娘子，原来你在家啊，吓死我了！"白素贞将许仙的靴子拿到床前，问："官人，你又在做噩梦了！"许仙点点头，说："好逼真的噩梦啊，我梦到娘子昨晚在西湖的南山一角，跟县令斗法，县令面目狰狞，猛打娘子的肚子！"

白素贞吓得将手放在唇间，白素贞试探地问："官人还梦到了什么？"

许仙说："那县令原来不是人，而是比娘子道行还高的妖怪，就连那游娘也不是人，而是一条鲤鱼精！"白素贞听后，犹如蜂虿作于怀袖，愣愣地出神："官人这梦为何跟昨晚的情形是一模一样的？"

许仙忽然意识到天还尚早，便问道："娘子，今天为何起来得这么早？是昨天没休息好还是压根没有睡？"白素贞连忙掩饰，许仙看着白素贞神情疲惫，且卧蚕明显，便说："娘子肯定是一夜未眠，娘子是不是孕中太累了？"

白素贞见是瞒不住了，便说："官人夜梦所见，都是昨晚发生的真实事情！"许仙张大嘴巴，不可思议地问："莫非娘子……"白素贞似笑非笑地看着许仙，许仙立马意识到自己言语唐突，连忙解释道："娘子，我不是那个意思！"

白素贞当然知道许仙刚刚的表达是词不达意，便问："为妻的真实身份，难道官人就不害怕吗？"然后白素贞把端午的事情一一告诉了许仙。

许仙穿着睡衣，往前走了两步，牵着白素贞的手，说："娘子为了救我，不畏安危独闯昆仑山，就连法海禅师都帮助你，纵然娘子你不是人，但是和娘子在一起时间不短，娘子温婉善良，菩萨心肠，我又有什么好害怕的呢？"

白素贞立马追问道："可是我，跟你们不一样啊！"许仙终于明白了白素贞所指何事，便娓娓道来："娘子不是说，一千多年前，我是娘子的救命恩人，是观音菩萨点化，让你到西湖来报恩，我和娘子千年恩情，旁人比都比不来，我当然害怕！"白素贞立马紧张道："害怕？"许仙故作可怜地说："是啊，我当然害怕了，我怕哪一天娘子报完恩，飞升成仙，被菩萨带走，我害怕我会失去娘子！"

白素贞欣慰地莞尔一笑，说："官人什么时候也变得油腔滑调了？"这时候许仙向外看了看，说："娘子，莫非这游娘真是鲤鱼精？"白素贞也向外看了看，然后点点头，说："官人害怕了？"许仙倒了一杯水，说："娘子我都不怕，我还会害怕游娘，世人怕妖魔和恶鬼，但殊不知心魔才是更可怕的。有些人，所干的勾当远比妖魔还可恶，人有好人和坏人之分，妖魔也有好坏之分，只不过是我们的心中成见，太过于泾渭分明罢了！"

白素贞喜不自胜，自认为不愧是她所看重的官人，白素贞把游娘的身世全都告诉了许仙，许仙简直就像是听天书一样，他万万没想到游娘竟然是观音菩萨坐下的鲤鱼下凡。这时许仙好奇道："娘子既然是千年修行，肯定会变化！"

白素贞笑着说："官人想看吗？"许仙连连点头，白素贞四下打量了一番，见瓶中的花已蔫了，枝已残了，便一挥袖，只见枯木逢春，抽出新芽，吐出花蕊，瞬间满屋花香。许仙叹为观止，不可思议地看着白素贞，兴奋地对着青天合掌问讯。白素贞好奇地问："官人为何对着天合掌？"许仙得意洋洋地说："我要感谢父母大人当年给我起了这么一个有远见的名字。"白素贞不解，许仙解释道："我叫许仙，我这辈子不就许了一个天仙娘子么？"白素贞听后忍不住偷笑。

高兴归高兴，许仙又回归到正题，问："那县令为何也是妖精呢！"白素贞说："他是千年修行的蟾蜍精，附在了县令的身上，如今为非作歹，又借助凡人的肉体，连我都要忌惮他三分！"说到这里，白素贞索性把话给挑明，把蟾蜍精的来龙去脉全都告诉了许仙，许仙叹口气道："那岂不是钱塘的百姓要遭殃了？"

"是的，这正是我最害怕的，所以昨天我们连同法海禅师一同擒拿蟾蜍精，没想到这蟾蜍精的千年戾气甚是厉害，连法海禅师的金钵都无可奈何，如果不能及时降伏蟾蜍精，恐怕钱塘会有大灾难！"说到这里白素贞连连叹气，为当下的烦恼而感到无奈。

自从那晚被白素贞一等人群攻之后，蟾蜍精便开始绝地反击。对青白二蛇恨之入骨的蟾蜍精，命令猎人大肆上山捕杀野蛇，以提炼蛇毒。这几日，白素贞每晚都会从睡梦中惊醒，眼皮子也是跳个不停，身怀六甲的她，也无法推算出究竟为何这般心神不宁。是日，白素贞在月夜之下到小青的房间，将近来的担忧一一向小青叙尽，小青见白素贞心神恍惚，便建议："姐姐，既然我们知道蟾蜍精的下落，为何不以其人之道还治其人之身呢?"

"青儿你有办法?"白素贞不明白小青的意思。小青说:"我们妖类虽然有法术,但是附在人的躯体里,肯定会有很多不便和束缚。既然是这样,为何我们不去暗中探个究竟,想办法把蟾蜍精困在县令的身体里,然后再想出个办法,把蟾蜍精打回原形呢?"

白素贞还是有所顾虑,说道:"既然我们能想到这个办法,那个狡猾的蟾蜍精必然也能够预想到,或许他早就做好了准备,等我们上钩,虽然这是个好办法,但是太过于冒险。"小青挥了挥手,说:"姐姐,当然不是我们亲自动手,你忘了还有五鬼,鬼附在人身上,除了地狱的黑白无常能分辨得出来,寻常妖怪察觉不到的!"

白素贞思虑了很久,也想不出比这个更好的法子,她和小青来到院中,见四下无人,白素贞从袖子中甩出一条长长的白绫,白绫化为腰带,白素贞伸手,腰带飞入白素贞的手中,白素贞说:"这腰带我已经施法,如今变成了缚灵带!"然后耳语告诉小青这缚灵带的用法。

小青召唤五鬼，夜潜县衙，五鬼趁府上衙役都熟睡，纷纷附在了衙役的身体里。小青在暗中盯梢，观察着县令的一举一动，附在衙役身上的五鬼整装待发。小青忽然感到县衙有很多同类在求救的声音，便细听声音的来源。原来在县衙内还有一处暗室。小青隐身进入暗室，没想到暗室里关着很多灵蛇，有衙役捕杀着灵蛇，提取蛇毒。小青吓得连连后退，正准备动手时，忽然想起白素贞的交代，小青再三思量，离开暗室，来到了县令卧室的屋檐上。不多久，县令命衙役进房伺候其更衣洗漱，正当县令脱去官袍时，小青见机，立马伸出食指，指头一勾，县令的腰带便飞了出来。小青立马将手中的缚灵带绕梁飞入县令的卧室，然后自己从屋檐上飞了下来，偷偷跟衙役说："这几天有劳你们跟随在他身边，观察着他的一举一动。"说罢，小青一转身，一道青光在夜空中飞远。

　　小青回到保安堂，就立马向白素贞汇报晚上的行动，正在说时，白素贞的手指忽然抽动，白素贞立马警醒，说："青儿，这蟾蜍精已经系上了缚灵带，我看他如何脱身。"小青一拍掌说："太好了，姐姐！"

忽然小青想起在县衙暗室看到的一幕，便赶紧告诉白素贞："姐姐，我去县衙，发现县衙有一个暗室，暗室的竹篓里全是抓来的灵蛇，他们在大量捕杀灵蛇！"

白素贞惊愕道："你说这孽畜在捕杀灵蛇？"小青点点头，说："我不敢轻举妄动，看到那些灵蛇被捕杀，我的腰都在发软，姐姐，你说该怎么办？"白素贞细细思量，然后对小青说："青儿，麻烦你再去办一件事情！"

小青再次潜入县衙，进入暗室，此时暗室已经没有衙役。小青四下打量了之后，便解开乾坤宝袋，只见竹篓里的灵蛇全都进入乾坤宝袋里，小青轻言细语地说："你们不用担心，我是来救你们的！"

小青虽然成功地搭救了这些灵蛇，但是还是晚来了一步，暗室的衙役早已将蛇毒装到瓶子里，并投放在大街小巷重要的水井里。小青并没有察觉到这一切，两次成功潜入县衙，使得小青沾沾自喜。

就在小青动手的前两天，蟾蜍精在大街上只见到了许仙和段安阳，蟾蜍精观察了一会儿，并无青白二蛇在场，便化成一阵风，附在了许仙的身上，准备邪风进入许仙体内，没想到吃了还魂草的许仙，魂魄有还魂草的仙气护体，一时无法控制住许仙的意识。蟾蜍精无可奈何，只好再附到段安阳的身体里，没想到段安阳体内有百年修成一片的金鳞，蟾蜍精如获至宝，心中打量：许仙体内的仙气跟我相冲，没想到段安阳体内的金鳞让我得到了一个宝贝。蟾蜍精从段安阳的体内摘除金鳞，并且陪许仙在街上采办完东西，便各自回到了各家。回到家中的"段安阳"四下打量，蟾蜍精因两次和游娘交手，知道她手中有一枚玉钗，更知道些来历。游娘见段安阳回来，连忙给"段安阳"拍去衣服上的灰尘。"段安阳"看到这玉钗就在游娘的头上，便对游娘说："娘子，你的头发乱了，我给你梳梳头！"游娘听闻，缓缓坐下，"段安阳"从梳妆台上拿起梳子，给游娘梳头，然后趁游娘不注意，将一枚普通的簪子变成了玉钗的模样，从游娘的头上取下了玉钗，藏在了袖子中，然后将假的玉钗插回了游娘的发髻间。这一切，神不知鬼不觉。随后，蟾蜍精趁游娘在厨房忙碌，赶紧从段安阳的肉体里脱身，临走的时候，往段安阳的体内注入一丝戾气，自言自语道:"我会慢慢地折磨你,让你渐渐地灯尽油枯,即便是死了,也难登鬼名录,让你无处安身。"

溪云初起日沉阁,山雨欲来风满楼,这几日的钱塘,可谓是暗藏杀机。第二天,街面上药铺的病人络绎不绝。一时之间,拉肚子、身长疮的病人比肩继踵,不出半天的工夫,整个钱塘药铺的药材全都销售一空。保安堂的许仙更是忙得不可开交,不出几天工夫,钱塘忽然封城,原本是打算到外地求医问药的百姓因此也无法出城,各大药铺的掌柜更无法到外地去采办药材。

保安堂内,白素贞见许仙一个人忙不过来,便和小青从旁协助,白素贞从病人的症状来看,像是中了蛇毒,又像是中了戾气,一时难以分辨。白素贞把小青叫到一旁,私下问:"青儿,我让你搭救的那些灵蛇,你最后都藏在了哪里?"小青说:"姐姐,你放心,我已经命令五鬼把这些灵蛇带到了太湖放生,不会有差错的!"白素贞更是感到奇怪,她看着这些病人的模样,愈发判断不出来这些病状的原因。

许仙也是急得没有办法,一边开些常规的解毒药物；一边翻阅医书，寻找病因。可是临时抱佛脚，显然是来不及了。然而，整个钱塘药材短缺，即便是应急的药材也是极度缺乏。这个时候，县衙却从外面截获了一批药材，并声称可以有效控制疫情，但是每个疗程需要四两银子，富裕点的都纷纷破财免灾，减轻痛苦，条件拮据的，只能挨着病受着苦。一时之间，白花花的银钱都到了县衙。

治标不治本的药材，卖出了高价，但是不用县衙提供的药，毒症会加重，心急如焚的白素贞知晓这背后一切的阴谋，但是束手无策，她只能找小青商议。

"青儿，你把之前盗来的库银，连夜挨家挨户送到那些百姓家中，以解燃眉之急！"小青一听白素贞这样打算，便否决："姐姐，我们千辛万苦，冒着生命危险从县衙盗来的库银，这么轻易又还回去，这叫礼尚往来还是叫物归原主？"

"不，这叫破财免灾！"白素贞斩钉截铁地说。

小青摇摇头，说："姐姐，我们这样做，不就是刚好进了蟾蜍精的套么？"白素贞说出了自己的担忧："话虽如此说，但是普通百姓毕竟是凡人，如果没有这些药缓解疫情，他们很快便会毒发身亡，在我还没有找到有效的解药之前，为今之计只有将计就计。"

小青忽然想到游娘，说："游娘的玉钗不是可以净化百毒吗？为何不用她的玉钗来解毒呢？"白素贞深吸了一口气说："你我的法力，如果用玉钗为一两个人解毒，绰绰有余，如果为整个钱塘的百姓祛除毒瘴，恐怕心余力绌，况且我现在怀有身孕，更是不能妄动法力！"小青气得直捶桌子，说："这可恶的蟾蜍精，我小青现在巴不得一口把他给吃了！"

"青儿，现在不是说气话的时候，你赶快让五鬼把那些库银发放给百姓！"

一百二十个不情愿的小青，不得不顺从白素贞的想法，将往日所盗来的库银挨家挨户偷送到百姓家。然而，蟾蜍精想到此次瘟疫，寺院的僧人务必会联手，所以在投毒的时候，唯独寺院没有投毒。在封城的时候，顺道以保护寺院的名义将各大寺院封上，并派重兵把守南山，死守雷峰塔，阻止百姓因逃难躲到雷峰塔，目的就是以人间朝廷命官的便宜，限制法海的行动，美其名曰保护雷峰塔最后一块净土。

势单力薄的白素贞此刻能想到的只有雷峰塔的法海禅师，她只身前往雷峰塔，想与法海禅师一同商量对策，没想到雷峰塔塔门被贴上了封条，且南山一带有重兵把守，早已被围得水泄不通。

白素贞一转身，隐身遁入雷峰塔内，法海坐在娑婆三圣佛像前，安然地诵经，头也不回地说："你来了！"仿佛这一切都在法海禅师的预料之中。

白素贞正要说明情况，见法海禅师这样问，想必他已经知道事情的来龙去脉了。白素贞直接开门见山地说："如今钱塘百姓陷入水深火热之中，请禅师大发慈悲，不能再让蟾蜍精荼毒百姓了！"

法海抬头看着娑婆三圣的佛像，想起封雷峰塔塔门的那一天，衙役理直气壮地说："如果你要干预钱塘的事情，县令必当上书请求朝廷推倒雷峰塔，铲平钱塘各个寺院的山门。"

想到这里，法海说："人间有人间的法度，并非我不肯出手相帮，而是现在蟾蜍精附在县令身上，拿着人间命官的命令，干着妖孽伤天害理的事情，我难以干预，一旦他以人间的法则挟制我，我个人安危是小，这雷峰塔就不保了。你可知，这雷峰塔底下，镇压的是什么吗？"

白素贞连忙问："难道禅师现在也束手无策吗？"法海说："有，唯一的办法就是将蟾蜍精和县令的肉体分开，我的金钵才能收服这个孽畜，如今他附在凡人身上，我的任何法宝都无可奈何他。"

白素贞思来想去，说："那我把他给逼出来！"

法海立马紧张道："不可！"他急急忙忙说出这两个字后，立马欲言又止。白素贞见法海禅师三缄其口，便问："为何，还请禅师告知！"

法海禅师犹豫了很久，缓缓地问了一句："白素贞，你可知妖灵是不可以踏入雷峰塔半步，为何你能来去自如？"白素贞下意识地抚了一下自己的肚子，说："莫非是因为我怀有凡人的孩子？"法海默不作声，白素贞狐疑地问："难道不是？"

法海禅师见白素贞仍是当局者迷，便接着问："那你可知道你为何又能在昆仑山跳入洗髓池躲避鹤童，还能安然无恙吗？"

白素贞依旧是不明所以，法海禅师说："白素贞，

215

如今你初为人形，依旧是入世不深，不能深谙世法，如何能了悟至高无上的大道呢？"

白素贞以为自己听错了，反问道："禅师，你说我已经修炼成人了？这怎么可能？"法海猛得一转身，将金钵对准白素贞，只见金钵发出金光，但是白素贞丝毫不怕金钵的威力，法海禅师收回金钵，白素贞这才相信他的话。

法海禅师说："如今你已经是人，虽然有法力，但是行走人间，不管你有多大的本事，你都要坚守人道，一旦你不按照人间的游戏规则出牌，你必定要付出惨痛的代价。文曲星应劫而生，你如今背负的不仅仅是钱塘百姓的安危，更是二十年后，文曲星君在朝廷的未来！"

法海禅师走到白素贞身旁，接着说："人身难得，中土难生，正法难遇，白素贞，天缘所召，方有今时今日之成果，你所有的行为，都关乎着你自己和众生的未来。规矩，是这个世间最大的力量，如果你一不小心入了偏门，不仅不能成人，恐怕从头再来的机会都不会再有，你可明白？"

白素贞望着娑婆三圣，那慈悲、智慧、大悲、大愿的庄严相貌，白素贞明白此刻的自己，哪怕是比凡人多活了千年，也如同大千世界的一粒沙子那般碎为微尘。白素贞扪心自问：即便是碎为微尘，也能聚集成恒河沙和三千大千世界，这世间有愿才能有缘。

　　白素贞望着观音菩萨的佛像说："我千年修为，虽然三言两语不能道出为何，但是来到人间，陪同官人行医济世，终究明白若没有救苦救难的愿力，怎么能彰显大慈大悲的发心？佛法如此，世法如此，医法更是如此。"

　　诸受罪者不问尊卑，世间种种各自受之，又有谁能逃得过呢？然而面对钱塘病人，皆是困劣着床，百痛普至，而那县令是贼医伪说，包藏祸心。虽然白素贞有意与蟾蜍精斗法，但是眼前的种种限制，可谓是直信难有，大心难发，不管是何身份，白素贞此刻或许明白了，对于妖而言是人身难得，对于众生而言是六情难具，世间种种真是事与愿违。

　　或许，违就是劫，三界长狱，人间才是最坚固的牢房。

钱塘的时疫，是蟾蜍精的绝地反击，更是他步线行针的布局。看着白花花的银钱都完璧归赵，附在县令肉体内的蟾蜍精心中五味杂陈，他一边吞噬着这些银钱，一边滋养着被戾气腐坏的身体。对于蟾蜍精而言，如果不通过正法来修养腐坏的肉身，而是通过银钱来镀金修养，势必要经受非同一般的痛苦。这金银化为金汁银汤，从蟾蜍精唇齿喝下肚，如同当年为百姓吞噬南湖戾气那样难受，同时又像是被千百只毒蜂蜇一样难受。蟾蜍精歇斯底里，痛不欲生，但是经历这种痛苦之后，便是脱胎换骨，容貌换新颜。

正当蟾蜍精皴瘃换新肉痛苦之际，一名上夜的衙役隐约听到有人在痛苦地惨叫，寻着声源找去，没想到此刻的县令面目狰狞，甚是可怕，不小心踢翻了廊沿上的盆景！

蟾蜍精立马从暗室跑了出来，衙役吓得两腿直打哆嗦，结结巴巴连话都不会说了。蟾蜍精如一阵风卷去，将衙役吞入腹中，这一切显得干净利落，丝毫没有痕迹！月夜下，蟾蜍精走到水池旁，水面映着明月，也将县令的模样显得清晰可见，蟾蜍精现出自己的本来面目，非常满意地看着日渐转好的皮肤，发出一丝得意且冷冷的笑声。蟾蜍精一转身，又变回了县令的模样。

一筹莫展的白素贞顾虑重重，自从在雷峰塔内法海禅师告知她如今的身份之后，白素贞辗转反侧了一夜。如果换成是以前，当她得知自己已经修炼成人，别提她会有多开心，而今忽然成人，白素贞仿佛觉得这不是她想要的结果，特别赶在这样的节骨眼上，这一切白素贞都没有做好准备。

一早来请安的小青见白素贞郁郁寡欢，一提到铺上的人手不够，白素贞便杜口裹足，小青也感到郁闷，很少见白素贞说起话来含糊其辞。小青索性直接问："姐姐，你这是怎么了？是孕期不舒服还是有心事？"

白素贞抬头看了看小青，勉强一笑，然后又低头不语。小青接着又问："是不是保安堂太忙，累到姐姐了？"白素贞摇摇头，小青更加是心中没底儿，坐在白素贞的旁边说："姐姐，是有什么事情不能告诉我小青的，还是姐姐现在已经把我当成外人了！"

"青儿，你怎么会这么想呢，姐姐也有难言之隐！"小青更加不明白白素贞的想法，偏着头，叹了一口气说："姐姐，你这般顾前顾后，肯定不是一般的事情，既然需要面对，多一个人不是多一份力量吗？"白素贞丧气地说："非你我可以扭转！"

"哦？莫非姐姐说的是钱塘的时疫吗？"白素贞点点头，小青说："姐姐，那蟾蜍精无非就是想要银钱，既然我们都已经将盗来的银钱归还，那蟾蜍精还有什么理由再继续作恶呢？"

"青儿，你想简单了，区区钱塘的银钱，怎么可能满足蟾蜍精的口腹之欲呢？"小青听到白素贞这么说，疑惑地问道："姐姐，你是说……"白素贞起身，长长地呼出了一口气，对着窗外的风景满眼游离，一脸哀怨和担忧的表情，许久之后，白素贞说："蟾蜍精意图利用整个钱塘为代价，为修复他被戾气荼毒的肉身！"

小青异想天开地说："我们可以请法海禅师啊！"白素贞回头看着小青，说："要是有这么简单也就好了，法海禅师也有自己的难处。如今蟾蜍精附在了朝廷命官的躯体内，法海禅师要遵守人间的法度，牵一发而动全身，如果法海禅师不慎在人间伏法，可能整个钱塘最后一线希望都没有了！"小青一听面色都变了，说："姐姐，那怎么办？"

白素贞抚着自己的肚子，说："孩子在这个时候来到人间，或许这就是劫难，该面对的谁也躲不过，如今迫在眉睫的事情，是要为百姓解决药材！"说到这里，白素贞便问："小青，我昨天让你取钱塘的每一口井的水，你办得怎么样了？"

小青抬起了袖子，表示已经办好了，然后甩出袖子在桌面上从左往右一拂，瞬间变出八个瓶子。小青说："姐姐，这就是我采集的井水！"白素贞说："病从口入，这次钱塘暴发如此严重的时疫，我想肯定是从水源引起的！"

"姐姐，难道你要试毒？"白素贞没有回答小青的话，小青接着说："不可以，姐姐，如今你怀有身孕，即便是你千年修行能抵御这时疫，那腹中的胎儿怎么办？"

白素贞强颜欢笑，抚摸着肚子说："我和孩子生死一体，我当然要顾及到他！"只见白素贞屏住呼吸，吐出了金丹，小青连忙伸手把金丹抓在手上，说："姐姐，要试毒，也是青儿来试毒，你不可以这样做！"说罢，小青吐出了自己的金丹，金丹绕在瓶子，只见毒雾从瓶子里面出来。白素贞见试毒不是儿戏，立马呵斥道："小青，快把手掌摊开！"小青一个劲地运功，对白素贞的话无动于衷，白素贞只好将手打到小青的手腕，只见小青握紧的手摊开，金丹从掌心飞出。此时小青的金丹和白素贞的金丹相互在瓶口上方滚动，渐渐地毒瘴被分离开了，白素贞这才明白，这毒瘴里有蟾蜍精千年的戾气，也有灵蛇的蛇毒，这两种毒瘴交织在了一起。小青和白素贞立马将各自的金丹吸入腹中！

小青一惊，说："可恶！"

白素贞一愣，说："好险！"

小青的腰都被吓得酥了，白素贞说："不知道他残害了我们多少同类，才提炼出这么多的蛇毒！"看着小青被吓得惨白的脸色，白素贞问："没事吧，青儿！"小青摇摇头，说："没事，只是蟾蜍精这等手段，我的心都在发慌!"

白素贞说:"青儿，别怕，眼下权宜之计，我们只能想办法弄到药材!"小青说:"如今县衙守卫森严，恐怕故技重施没有用了!"

白素贞说:"偷，当然他现在防着我们，半路拦截或许还有一些希望!"白素贞想了想说:"五鬼现在还附在那五名衙役的身上吗?"小青点点头，说:"没有姐姐的指示，他们还是按兵不动!"白素贞耳语告诉小青她的计划，小青连连点头，表示同意。

也就两天的工夫，朝廷便知道钱塘封城的消息。而知府大人这边，蟾蜍精投其所好，知道此人喜欢养生，便送了一支罕见的人参给了知府。果然知府吃了蟾蜍精动了手脚的人参，往日身上的毛病都没有了。与此同时县令又拿出银票贿赂知府，此举深得知府的欢心。在蟾蜍精的蛊惑下，二人沆瀣一气隐瞒朝廷，并上书给朝廷，让朝廷拨救济的银子和药材，然后中饱私囊，再将药材倒手卖给百姓，所得的钱财，知府和蟾蜍精六四开。知府哪里知道县令就是蟾蜍精，更不知道自己早已被利用。蟾蜍精也只是利用知府在朝廷的便利和权力，好在人间铺网办事，等把知府给喂饱之后，然后将他所贪下来的银两占为己有。

朝廷从临安拨济的药材，正在往钱塘赶，钱塘各大药铺的掌柜，早就接到了县衙放出来的狠话，只要敢私下弄药材，一律重罪判处。这也使得整个钱塘的药店，除了保安堂，没有一家药店敢在这个节骨眼上开张。

小青早已安排好五鬼盯着县衙的一举一动，关于接应朝廷药材之事，附在五名衙役身上的五鬼自告奋勇，前去运送药材，并且私下告知小青关于药材运送的路线，白素贞和小青思来想去，决定以掉包的形式，来个偷天换日，以普通草木鱼目混珠。

药材在运往县衙的路上，白素贞和小青接应，白素贞用乾坤宝袋将药材收走，小青负责将草木放入车中，且草木味道和药材味道很难辨认，这一切做的人不知鬼不觉！拿回药材的白素贞，催动咒语，将药材变成了粉末，然后掺入当年在峨眉山上得到的一些珍贵解毒药材，并施加了一些法力，又派小青将这些药材的粉末分别洒入那八口有毒瘴的水井。

药材运到县衙，蟾蜍精亲自验货，他让下人到街面上张贴告示，大街小巷奔走相告。白素贞也料到这一点，便在深夜用托梦大法，变成观音法相，指点经济困难的人不要凑钱去买药，用街上水井的水多洗澡、多饮用便会见效，果真大家试用后，不久就见到了效果。

但是这一切千算万算，还是让蟾蜍精占了上风。百姓根本不知道是白素贞将解药投入水井中，将源头的毒瘴给清理了，怕死的人还是不计其数。他们宁可相信县衙的药材，也不相信梦中观音示现的指点，反而更加认为是县令的药材起到了功效，这般阴差阳错，导致县衙的药两天就卖断货了。正在吃饭的小青听到这个消息，气得将筷子都拍到桌上，小青说："可恶，我们这不但是竹篮打水一场空，而且还是适得其反！"

反而一旁的白素贞比较淡定，说："小青，千万不要着急，我们解决的是毒瘴的源头，那蟾蜍精也只是得意一时而已，再者，那些花冤枉钱的病人，并非穷人，他们都是富人怕死罢了，这事我们要从长计

225

议，以百姓的安危为大局！"被白素贞这般安慰，小青心里才好受一点。

　　果不其然，毒瘴被正本清源之后，没几天的工夫，钱塘百姓的时疫有了很大的好转，年轻力壮的人基本已经痊愈。这也使得朝廷不再拨款和救济药材到钱塘，来县衙买药的人也纷纷减少，县衙前几天还每天盆满钵满，这几日上门的便屈指可数。蟾蜍精感到奇怪，他吩咐衙役到库房去取药材的样本来验收，衙役早就把准备好的药材样本备好，以备不时之需。蟾蜍精检查了药材，心里想：这药没错啊，我也相应地减少主要的药材，为何这些人康复得这么快，难道是这青白二蛇妖在用千年的修行化解毒瘴？这也不可能啊。我下的这些毒瘴，至少要耗损三四百年的功力才能彻底清除，她们一心想成仙，怎么可能会做这么大的牺牲，况且这白蛇妖怀有身孕，她哪里会有这么大的本事！

　　想到这里，蟾蜍精问衙役："我交代你在这些药材里添加的东西，你都是按我的量添加的吗？"衙役说："回大人的话，小的都是按照大人的交代，亲自把关，不敢有半点疏忽，这包药材，就是我从已经动了手脚的药材中随手取来的，如果大人有别的交代，小的必定严格按照大人的指令操作！"蟾蜍精点点头，然后挥手，示意让衙役退下。

百思不得其解的蟾蜍精，在心中打量着：莫非这怀了孕的白蛇妖法力减弱，打退堂鼓了？这毒瘴这么严重，她竟然一点动静也没有，还是没有法海的支持，她不敢贸贸然行动？再不是法海在背后使坏！

思来想去的蟾蜍精，看着自己身上的这身官服，虽然诸事让他感到疑惑，但是看到眼下成效，他甚是满意。他在心中洋洋自得：做妖，被人鄙视；成仙，要看人的供奉；做人，凡事都有局限，还是这一身衣服好！

忽然衙役前来报告："启禀大人，知府大人来到县衙！"蟾蜍精紧皱眉头，疑惑道："哦？这个时候他来做什么？"

蟾蜍精整理了一番衣襟，到前厅迎接知府。蟾蜍精万万没想到知府前几天刚拿走两万两银钱，此刻变本加厉又以安抚百姓的名义过来要银钱。这恨得蟾蜍

227

精，巴不得将他一口吃了，奈何朝廷这边一直是知府在游走，蟾蜍精也只好将剩下的银钱悉数奉上。对朝廷的谎报，对百姓的欺压，使得外界对钱塘一带谈虎色变，这也正是蟾蜍精一手谋划所希望看到的，但是眼下有人要分一杯羹，若想独断独行，目前时机还不成熟。想到这里，蟾蜍精只能假以时日，再将知府处理，吞掉这些银两。

蟾蜍精始终对疫情好转的局面有所疑惑，待夜深人静时，他在街头在八口水井中探测毒瘴，没想到毒瘴全都被消除。放眼整个钱塘，能有此本事的，也只有白蛇精，蟾蜍精心想："你敢暗度陈仓，那我就故技重施，看你白蛇妖还有多少修为可以化解我的千年戾气。"

月圆之夜，蟾蜍精又开始大量吞噬金银来镀金身，可是用银库的金银镀金身实在是太慢了，不安于现状的蟾蜍精，忽然想起了袖中的玉钗，心中便有了盘算！

月满盈亏，天有不测。眼下疫情大有好转，不想段安阳一家却染上了重病，段安阳和家人病入膏肓，游娘的法力又无法化解，心中七上八下，几次在保安堂门口徘徊，游娘都是犹豫不决，但是见着段安阳和家人二竖为灾，游娘也是愁潘病沈。终于，她抱着及锋而试的想法来到了保安堂找白素贞，碰巧被小青给撞上了，小青问游娘所为何事，游娘吞吞吐吐、欲言又止。

　　小青不知道游娘葫芦里卖的是什么药，也没有这个性子等下去，便说："游娘要没有什么事情，我就到后院服侍姐姐了！"游娘听这么一说，便着急了，立马给小青跪了下来，说："青姑娘，我知道我帮不上你们什么忙，但是眼下段郎和家人都得了重病，我那区区法力，又无法为家人化解重疾，所以想请白娘娘出面，救一救家人！"

　　小青立马把游娘搀扶了起来，说："游娘，你也不必着急，不用看，就知道你的家人所得重病跟县衙有关，现如今，我家白娘娘身怀有孕，很多事情也是心有余而力不足，这事情你找她，她大个肚子，如何为你解决呢？"游娘听小青这么一说，便垂泪不休，小青叹口气说："游娘你也不必担心，其实县衙的蟾蛤精只是想要银两，他们家的药材还是很有用的，你只需要去买几服药就可以了。你放心，这个时候的蟾蜍精上次和我们斗法的时候，多少受了伤，目前无暇顾及我们，所以你大可以放心去，准保药到病除。再说，那边不还有我们的人么，他们会暗中照顾你的!"

游娘不相信小青所言，狐疑地问道："就这么简单!"小青摇摇头说："我骗你做什么，钱塘时疫，又不是针对你一家的!"游娘默不作声，不知道如何回答小青的话。

小青接着说："亏你游娘在人间这么多年，难道你就不懂得破财免灾的道理吗?"

说罢，小青从衣袖里拿出银两，递到游娘的手中说："如果是往常，这点事情对于白娘娘而言，肯定是小事，但是现下她怀有身孕，随着胎儿的落地，她的法力也日渐消减。女人生子，如同鬼门关走一遭，你现在找她，岂不是火上浇油，置白娘娘生死于不顾吗?"小青看着游娘微微一笑，说："这是五十两银子，你只要去县衙买药，准保你全家安然无恙!"

小青见游娘依旧是有话要说，便打住了游娘：

"姐姐在后院等着我,我要去服侍她了,有什么事情你找我是一样的!"说罢,小青端着东西便进了后院。拿着银两的游娘虽然相信小青讲的话,但是想到去县衙,心中还是有些害怕,此时她又想到了雷峰塔的法海禅师。

小青打发完游娘,便进了后院,白素贞说:"青儿,这两天我口中无味,老想喝点酸梅汤,你去做点酸梅汤吧,我甚是乏累!"小青上下打量着白素贞,说:"姐姐,按说你千年修行,跟一般女人自是不同,为何身怀有孕反应这么大呢?是不是你过于操劳的缘故?"

白素贞揉了揉太阳穴,说:"谁知道呢,些许是前段时间我动用法力过多,耗损肌体,伤及胎儿的缘故!"小青想到刚刚阻拦游娘的一幕,便说:"可不是么,姐姐务必要顾及胎儿,纵然现在那蟾蜍精作恶,顶多就是为了银两的事情,我们一时也除不掉他,还不如等孩子出世,姐姐法力恢复,再从长计议。"白素贞不知道小青的话另有所指,误以为是小青为大局着想,欣慰地点点头。

来到雷峰塔前的游娘跟在保安堂前的情况是一模一样，亦是一样的顾虑重重。在雷峰塔内静坐的法海，早已知晓游娘的到来，见游娘东走西顾，在雷峰塔前迟疑不决、瞻前顾后的样子，便站在雷峰塔门前，说："心净则国土净，息心即是息灾。你在菩萨的莲池修炼几百年，为何连这个道理都不懂呢？"

游娘一下跪在塔前，说："法师，我家人现在身患重疾，如何能够让我心净息心呢？虽然游娘自知愧对菩萨教导，身负重罪，但是游娘私到人间，并未做出逾越雷池半步的事情，望法师慈悲，能够收服蟾蜍精，不再为祸钱塘百姓！"

法海反问道："我问你，以你的思维，知道是蟾蜍精为祸钱塘，但是以众生的角度，是谁在为祸钱塘？"游娘不懂法海的意思，法海接着说："县令为表，蟾蜍精为里，蟾蜍精假借朝廷命官之身，行走人间为非作歹，欺上瞒下，表里不一，你认为如何去破？"

"但我的法力屈居末流，又如何能与蟾蜍精抗衡呢？"游娘说出了自己的忧虑，法海说："所以，你找白素贞，白素贞无能为力，你便找我？你可知道，生而为人的白素贞，为何在这个时候修炼成人了吗？"

"恒顺！"

游娘听到这两个字，心头一惊：一方面惊于白素贞已修炼成人；另外一方面觉得法海这两个字另有所指。游娘迟疑地问："既然是恒顺，不也是在劫难逃吗？"

法海说："你不问因果，扭转段安阳的命格，如果不是当年你任意妄为，为段安阳修改命格，段安阳现如今早就脱离劫难，投身好的人家了。今日之大祸，无不是你一意孤行的缘故，逆天而行，你终将会遭到反噬。白素贞如今身怀文曲星，是历劫，也是应劫，更是破劫。"游娘心有不甘，说："既然是劫，面对的方式有很多种，为何她行我就不行？"

法海失望地叹了一口气，说："你的面对犹如飞蛾扑火，蜉蝣撼树，而白素贞的面对是蛛游蜩化，蝉蜕龙变。保安堂前你犹豫不决，雷峰塔前你局促不安，其实你心里明白如今的一切早晚都是要来的，只不过在这人间剧场，你还是不愿意曲终人散。"

"你想让我悬崖撒手?"

法海说:"悬崖撒手是手段,绝后重生才是长久。你长久滋养在七宝池,八功德水中,为何连这个都不明白呢?"

"一动不如一静,白素贞谨遵人间的行事规则,以人间的法则在跟蟾蜍精周旋。游娘,这个时候,要看你如何酌盈剂虚了。"面对法海的开示,游娘决定去县衙试一试,临行前,她戴好玉钗,以备不时之需。到县衙门口,游娘见到衙役,从口袋中拿出银两,客气道:"各位大爷安好,小女子前来采买药材,请各位大爷指路!"

衙役仔细打量着游娘,然后打开手中的画卷,一见画卷所绘的女子就是游娘的画像,便故意为难游娘说:"就你手上的这点银子,去买个药罐子都不够,哪够去买这些药材?"游娘知道这里不能硬来,更不能硬闯,也知道他们是故意刁难。当下不是能不能买到药的事情,而是他们愿不愿意给。

空手而归的游娘守在段安阳的病床边,暗自流泪,遥想当年奋不顾身从海潮游向人间的一幕,不知道是对是错。游娘看着段安阳发呆："花开傍柳，乌雀绕树，我游娘如今依附的又是谁呢？红尘之爱如此卑微，灵道无情却世人皆知，纵然让我游娘去鳞化人，又有什么意思呢？"

游娘心结难解，眼前东街的保安堂和南山的雷峰塔，近在咫尺却高不可攀。游娘想到头上的玉钗，心一横，不管不顾地夜访县衙。

游娘直奔县令的厅房，正襟危坐的县令目不斜视地说："你来了！"

游娘见这话大有文章，直言道："这不是在你的所料之中么？"县令道："果然是观音座前修行的人，比那白蛇精更圆融，更懂得审时度势！"

游娘心头一颤，不想这县令早已知道她的身份，游娘故作镇定，说："既然你知道我的来历，我游娘也知道你的身份，我们明人不说暗话，你想怎么样，直接说吧！"

县令一转身，变成了蟾蜍精的本貌，狂笑一声，说："我喜欢跟爽快的人说话。"游娘的眼神中既有敌意，又有焦虑。蟾蜍精不慌不忙地倒了一杯茶，慢慢悠悠吹着冒着气的茶，说："你这个妖精修得越来越像个人了，我也知道你的来意。白蛇妖身怀有孕，已经是泥菩萨，法海更是不能插手人间的事情，你是走投无路才肯私下与我见面吧！"

游娘见蟾蜍精依旧在卖着关子，便说："你到底想怎么样？"蟾蜍精从袖子中取出解药，游娘准备上前抢夺，不想还是蟾蜍精手快，给收了回去。蟾蜍精说："拿不到就抢，这生而为人的本事，你也算是学得有模有样！"

游娘见蟾蜍精百般刁难和戏弄，一甩袖子准备走，蟾蜍精把药直接扔给了游娘，说："我针对的不是你，也不是白素贞，只不过你们多次阻挡，坏我的好事，着实让我想灭了你们，但是念在你我都是苦苦修行，相煎何太急？今日我设计引你过来，只想问你，雷峰塔内除了有摩尼宝珠，还有什么？"

游娘不可思议地看着蟾蜍精，惊讶地问道："就这么简单？"

蟾蜍精缓缓地走到游娘的面前，一双深邃的眼睛盯着游娘，深深地吸了一口气，说："你和白蛇都是师出有门，我千年修行无师自通，更没有后台。只是因我在南湖吸取千年戾气，为南湖一带的百姓免去灾难，而成为现在的模样。原以为我此番作为，能得到上天的认可，没想到他们因我被戾气荼毒的外表，对我百般嘲笑，我才流落到钱塘，私混到县令这个狗官的躯体里。"

游娘不明白蟾蜍精为什么要告诉她这些事情，蟾蜍精见游娘由刚刚警惕的眼神此刻变得若有所思的样子，接着说："荼毒钱塘百姓，吞噬金银修补色身，并非我本意，只是我千年修行，若想控制住戾气，必须要找到有效的办法，目前除此之外，别无他法。倘或我千年修行被戾气反噬，到时候别说是我，就连仙界的药神估计都回天乏力！"

游娘有些不太相信蟾蜍精的话，狐疑地问道："哦？这世上，哪有牛不喝水强按头的道理，坏事做了，还要给自己洗脱罪名？"蟾蜍精料到游娘会有此疑问，便说："我旁门左道，做了这些事情，但是眼下时疫，全城百姓，你看到因时疫而死的人有几个？我说我的目的很简单，并非要害凡人性命，这也是我今日等你来的缘由，或许你可以帮到我！"

"等我来？我区区几百年的修行，又有什么能力帮你？"

蟾蜍精说："你头上的玉钗可以帮到我化解戾气？"这玉钗是游娘的傍身之宝，游娘岂肯愿意将这个宝物交到蟾蜍精的手上。游娘说："纵然我跟段郎双双入九幽之下，也不会将宝物落入你手中！"游娘心中想："这玉钗是有化解戾气的功能，以蟾蜍精的修为，不能完全掌握其中的妙法，但是用玉钗调动五湖四海的水却绰绰有余。"想到这里，游娘不禁在心中打了一个寒战。

其实蟾蜍精早就料到游娘舍不得宝物，也知道玉钗有其他的驾驭之术，只不过是故意讲出玉钗，醉翁之意不在酒，而是为了以蚓投鱼。蟾蜍精接着说："我知道你心有顾虑，这玉钗乃龙女的宝物，自然是凡间的宝物所不能及，若非如此，今天我也不用费这么大的功夫请你过来。"

游娘望着蟾蜍精，心想："这蟾蜍精虽然是下界精灵，但是眼界不凡。"

蟾蜍精想了想说："游娘啊游娘，亏你当年在南海时常听观音大士讲经说法，怎么就不能效仿那护法二十诸天的鬼子母。她是爱子心切，你也是爱子心切、爱夫心切，她都能有放下屠刀的力量，换取立地成佛的资粮，为何你就不行？"被蟾蜍精这么游说，显然游娘的心有些动摇了，蟾蜍精趁热打铁，说："其实，并不是非你的玉钗不可，如果雷峰塔内受过佛荫的佛经能加持和净化我，何必会因我危及人间呢？"

游娘一着急，便说："雷峰塔内的佛经是无上法宝，历代妖魔都镇压在佛经之下，岂是你想看就能看的！"说罢，游娘后悔自己这句话没过脑子，立马打住接下来的话。游娘心想："这塔中经典，妖魔虽然畏惧，那是因为有佛经上的佛印和塔顶的摩尼宝珠相互起到的作用，正是因为这相辅相成，二者缺一不可的法宝，才使雷峰塔成为妖魔害怕的地方。若是落入心怀不轨的人手中，一旦利用经典开了灵智，投机取巧，岂不是法宝失色。况且这经典可以去除妖邪身上贪嗔痴慢疑五种业障，若心存他念之物看之，岂不是助长妖孽的不正之风？"

蟾蜍精在心中窃喜，没想到这么快从游娘的口中套出雷峰塔的秘密。雷峰塔的秘密，是游娘当年在南海水池里听观音大士同法海禅师所讲的。蟾蜍精步步试探，就是为了从游娘这里印证雷峰塔的传闻。蟾蜍精在心中盘算着，他知道来自菩萨坐下的精灵，不仅仅只知道这么一点事情，便接着说："世法平等，经典是为了净化人心，让众生明心见性的，况且雷峰塔内有法海禅师的看守，我不过是想着如何才能避免入了旁门！"

游娘被蟾蜍精这半真半假的话给蒙的半信半疑，心中想到："法海禅师奈何不了县令，但是对付你这个蟾蜍精还是有可能的。"游娘想着只要不是打她玉钗的主意，其他都好说。

游娘说："那你过了法海这一关再说，如今你作孽太深，纵然你当年吸取千年戾气有功，但你如今也是抱薪救火，罪不可赦！况且，白素贞怀有文曲星君，一旦文曲星应劫下凡，雷峰塔便是你的克星，看你到时候还像现在这样无法无天么？"

游娘哪里知道，蟾蜍精早就在厅房一角设下照心镜，自进了蟾蜍的厅房，游娘的所思所想，照心镜都能一览无余地照见，任何起心动念都无法逃脱！蟾蜍精把游娘给套来，就是为了窃听游娘的心声，不仅意外得知玉钗有御水之术，原来这雷峰塔内的宝典，不只是为了压制妖邪，还能使妖邪驱除五毒，修行也能一日千里。

　　游娘见解药已经在手中了，也不想多跟蟾蜍精多费口舌，况且来的时候，游娘已经做了最坏的打算，但是没想到事情会这般顺利。就如癞蛤蟆的皮肤，可谓是点子多，早已中计的游娘，哪里知道自己已经罪上加罪！

　　游娘自打深夜踏入县衙，法海就通过游娘手上的菩提珠感应到了蟾蜍精幻化本相的妖气，见菩提佛珠的灵气一直都在，也料想到游娘平安无事。

　　秋季科考，知府的儿子也在名单中，知府为了能够让儿子夺得桂榜，将昔日所贪图的银钱悉数打点和周全，奔走各种关系。蟾蜍精筹谋已久，故意放言知府的儿子在外大放厥词，讨论朝廷动向，谈及朝廷用人和立储言论。这消息一放出，很快就传到了朝廷，引起了皇帝的不满，并亲自划去春闱的资格，并将知府请到京城，以讨论朝廷用人之文章的借口，借机雷霆知府，以做杀鸡儆猴的效果，来震慑朝廷。如同过街老鼠的知府，接连被朝廷的风声给吓得草木皆兵，经不起半点风吹草动。蟾蜍精这时候又放出知府的大娘子在外放印子的事情，一时搞得知府内忧外患，时不时到寺院求神拜佛，也没精力骚扰县令。

蟾蜍精故意登门问安，虽然知府三缄其口，但是没有不透风的墙，况且这一切的风都是蟾蜍精放的。蟾蜍精见知府愁眉苦脸，便向知府推荐法海禅师，知府一听到法海禅师的名字，立马有如神助，感觉即将能见到真佛一样，接连茹素三日，准备去雷峰塔拜访法海禅师，寻求破解灾难之道。这个时候的知府，其实已经身中戾气之毒，蟾蜍精掐准时间，就等知府拜访法海的那一天，毒发身亡。

对于知府来访讨茶，法海也提前几日收到帖子，看着浩浩荡荡的队伍，法海开塔门，见知府三跪九拜，拾阶而上，甚是虔诚。知府和法海在塔外置茶几、布茶道，正当聊到如何解百厄、灭千业的时候，知府忽然毒发，七窍流血，倒在地上。法海见机不对，便伸手试探，知府已没了气息。法海用食指抹了一丝知府嘴角的黑血闻了闻，才知道是身中蟾蜍精戾气之毒。

不等法海起身，官兵立马将刀架在了法海的脖子上，另外几个官兵将法海五花大绑捆了起来，法海向雷锋塔内看了看，又见眼前这些官兵，也不好大动干戈引起不必要的麻烦，只能由其押回官府牢狱，等候发落。

其实心如明镜的法海察觉出知府中了戾气之毒的时候，就已经猜到了这一幕也是蟾蜍精布下的局。

第七回

永镇雷锋

僧人是僧也是人，他们是穿着圣人衣服的凡人。纵然法海是得道高僧，能降妖除魔，但是人心是最难降伏的，蟾蜍精深知法海的局限。

斗法是斗不过法海，但是整人，蟾蜍精还是胜券在握的，毕竟法海是人。

被关押在牢里的法海，正在等候着县令的发落。早先民间叫魂事件，风波虽然已经平息，但是朝臣依旧是忌惮和芥蒂，朝政宁可错杀一千，也不可大意一人，加之这次知府死于雷峰塔前，更是将叫魂的事情再次张冠李戴到此次事件中。

雷峰塔事件再次殃及钱塘一带的寺院，加之时疫还没有完全结束，多方打击下，寺院一时成了禁地。法海更是被画地成牢，按行自抑。

夜深殿突兀，风动金银铃，雷峰塔孤立在西湖的南山一角。纵然此刻的西湖是清风徐来，水波不兴，但是自古寺院门前无好人，更何况当今披着人皮的妖站在雷峰塔前。蟾蜍精一手挥开雷峰塔的塔门，径直地走向雷峰塔。此刻拿着玉钗的蟾蜍精，被玉钗护体，塔顶上的摩尼宝珠所放出来的光芒，也不会让蟾蜍精感到难受，更何况又有蟒袍的飞禽官徽护体。第一次走进雷峰塔的蟾蜍精，眼前所见到的是娑婆三圣的金像，看着镀金的金像甚是庄严，蟾蜍精不禁感慨世人为什么会说"人靠衣装佛靠金装"，表象是多么的重要。

蟾蜍精看到供桌前的经书，随手翻开，便是《赞佛偈》：

阿弥陀佛身金色，相好光明无等伦；

白毫宛转五须弥，绀目澄清四大海；

光中化佛无数亿，化菩萨众亦无边；

四十八愿度众生，九品咸令登彼岸。

读到那句"阿弥陀佛身金色，相好光明无等伦"，蟾蜍精又想到了千年前，在南湖为百姓吞噬千年戾气的过程，至今那缠身恶疾，时不时让蟾蜍精感到如同烈火焚心一般痛苦。这些都不是关键。众生着相，蟾蜍精一时怨恨，错认神仙和诸佛菩萨也是以貌取人。先敬罗衣后敬人，蟾蜍精从世法的角度深刻体会到"身金色"和"相好光明"是多么的重要。心有嗔恨，即便是正法在眼前，也显得法宝失色。蟾蜍精合上经书，继续往雷峰塔第二层走去，没想到被一道金光给拦住了。蟾蜍精看着眼前的结界是灵光独耀，光光互相遍满，重重交相摄入。一光遍多光，多光遍一光，多光摄一光，一光摄多光，光光相融。佛光出现，雷峰塔内壁画里镇守的精灵便骚动起来，西湖的水面也开始泛起波澜。蟾蜍精知道此等佛光的厉害，如果硬闯，必然会被佛光摄受，万劫不复。

在牢狱的法海感受到雷峰塔的佛光。法海是卧必合掌，坐必向西，行住坐卧的他时时照顾自己的话头，纵然是雷峰塔和牢狱相隔甚远，但是对于法海而言，一灯能破千年暗，微妙香洁。法海知道，蟾蜍精已然是通过旁门左道进入了雷峰塔。法海盘起双腿，合掌念起了《破地狱真言》："唵，伽啰帝耶。娑婆诃。"

蟾蜍精听到真言，感到一阵眩晕，自言自语道："这秃驴还有这般能耐!"蟾蜍精一步步后退，每退一步，结界的光就减弱一分。蟾蜍精打量着雷峰塔，心想："这雷峰塔是禁地，也是净地，我一旦在雷峰塔内施法，必定会伏法，必须找一个替死鬼来破结界才好!"

想到这里，蟾蜍精抬头看看天空，此刻冷月半残。

法海在雷峰塔前毒害知府的事情，不仅朝廷议论纷纷，在整个钱塘也是不胫而走，唯独小青和白素贞一无所知。身子愈发沉重的白素贞忽然想到街上走走，早饭过罢，便和小青到街上的店面买糕点。白素贞想着要为孩子亲手赶制衣服，小青却不以为然，说："姐姐，如今你做人做得太矫枉过正了，有些时候明明可以简单点，你偏要学人搞得那么复杂，不懂得走捷径。"

白素贞笑着说："如果凡事都走捷径，哪还有什么大道可行，捷径纵然方便，但是不符合常理啊。就像我们修行一样，不能急于一时，心平持戒，行直用功！"

小青不服气地说："我就知道姐姐会这样唠唠叨叨个没完。"

迎面而来的游娘，忽然见到白素贞和小青，游娘先是低头，白素贞起先没有看出端倪，而是主动打招呼："游娘，怎么这几天都没有你的消息？"

游娘装作很客气的样子，说："哦，这么巧啊，在街面上碰见了白娘娘！"游娘稍稍顿了顿，说："段郎还在家中等我，白娘娘照顾好自己的身子，改日再来探望二位！"说罢，游娘便快步离开。

白素贞看了看小青，满腹疑团，又大惑不解地望了望游娘的背影，试探性地问小青："这游娘莫不是出了什么事情？小青你知道吗？"

小青心如明镜，知道游娘此刻已经心生芥蒂，故意打马虎眼说："她能有什么事情，顶多是跟她家人吵架了，人家被窝里的事情，咱们怎么方便过问！"白素贞显然有些不相信小青的话，小青说："姐姐，我们出来这么久了，许官人会担心的，我们还是早去早回吧!"

回家后的白素贞,见许仙并不在家,便问铺上的伙计,伙计说掌柜出去会诊了,白素贞才把心给放下。

临近正午,饭菜做好,白素贞接连到铺上问了好几次还是不见许仙回来。出门会诊的许仙,拎着药箱在回来的路上,见到官兵大肆抓捕僧人,这些官兵对待僧侣甚是蛮横无理,拳打脚踢。许仙见情况不妙,便上前去问缘由:"几位官爷,这些法师都是寺院修行之人,这犯了什么罪,能让你们这般对待?"没想到被官兵一顿呵斥:"官府办案,你一介草民也敢在这里打听,走开走开,你跟这些和尚不沾亲带故的,管那么多闲事做什么?"说罢,官兵便用手上的鞭子抽打僧人。

许仙实在是看不下去,就去跟官兵理论:"我们理应恭敬佛法僧三宝,况且不看僧面看佛面,这钱塘的几大佛教名刹,可是保佑这一方百姓和乐,平平安安,如今你们这等轻蔑,也不怕背因果。"这秀才遇到兵,肯定是要吃亏的,官兵便问:"你倒说说,我们要背什么因果?"

许仙娓娓道来:"自古毁僧谤道,那可是要下地狱的……"

其中一个官兵说:"呦呵,上有天堂,下有苏杭,我在这钱塘,就是在人间天堂,地狱在哪里呢?你这样危言耸听,我治你个扰乱公务的罪名,看你还敢大言不惭?"许仙继续理论,官兵不耐烦,便纷纷上前拳打脚踢,许仙被打得昏天黑地、鼻青脸肿。

官兵得意洋洋地说:"小样,你还是管好你自己吧,泥菩萨管金菩萨,你还真当自己是真佛了!"

鼻塌嘴歪的许仙回到保安堂,伙计看后立马感到惊讶,连忙问:"许大夫,是谁把你打成这个样子?"许仙叹了一口气,正准备诉苦,却欲言又止,白素贞听到店铺的动静,便知道是许仙回来了。她快步从后院走到店铺,一见许仙这等模样,眼泪都流了下来,知疼着热地问:"官人,你这是怎么了?谁把你打成这般模样!"然后让伙计拿药水。许仙气急败坏地说:"太过分了,我见到那些官兵大肆地抓僧人,我就上前询问缘由,没想到他们便不依不饶,大打出手!"

许仙瞪大眼珠，没想到眼角一阵疼痛，立马显出一副难受的模样。白素贞用药布沾了药水，往许仙脸上涂抹，轻轻地往许仙脸上吹气，为许仙止痛。

许仙的脸很快就消肿了，白素贞心中已经有了盘算，她背着小青到了游娘的家中。游娘见白素贞一个人来，心中有几分惊讶，也有几分芥蒂。白素贞开门见山地说："怎么了，游娘现在不方便么？"

游娘强颜欢笑道："白娘娘怎么会这么说呢，真是折煞我了，只是我这贱地让白娘娘贵足踏入，未免有些屈尊了！"

白素贞听着这话，就像是油上浇了辣椒一样火辣辣的。白素贞想了想说："游娘有什么事情但说无妨，你我都不是外人，何苦这般瓮里烧木炭，有火没处发，你难受，大家都难受！"

游娘没想到白素贞这么单刀直入，白素贞见游娘的表情没有那么僵硬了，接着说："若你我有不虞之隙，倒不如坦诚相待都讲出来，有问题解决问题，开云见日岂不是更好！"游娘倒显得不好意思了，说："我的家人前几日感染上了时疫，我一时间没了办法！

白娘娘切莫心生他意，请理解我当时焦灼的心情。"

"哦，那我怎么不知道呢?"白素贞说。

游娘见白素贞这般说法，想必她真是不知道，游娘言简意赅地说:"白娘娘如今你身怀有孕，一切都以胎儿为主，其他事情我们自然会想办法解决的!"

白素贞笃定地说:"必定是小青阻拦了你找我!"游娘赶紧解释:"白娘娘，青姑娘是为你着想，并不是她阻拦我! 而且，这些又不是什么大事情，解决了就好了。"白素贞看了看院外的段安阳和孩子，问道:"这药，你是如何得到的?"

"还多亏了小青姑娘给的银两，才换来了救命的药!"听游娘这么一说，白素贞知道这事情没有这么简单，便问:"蟾蜍精纵然十恶不赦，但是他的目的十分明确，只要有银两给他裹腹，他就乐意。我们都是异类，他不会轻而易举殃及到你这边，他更不愿意节外生枝，这药，想必也不仅仅是用钱买来的吧?"

游娘赶紧解释:"谁知道呢，衙门的人刚开始还挺为难人的，他们见我使的银两多，便把药卖给我了!"说到这里，游娘若有所思，一时发愣，想到了那晚的事情。

那晚蟾蜍精对游娘说："我这里有一张暗符，你只需要轻轻地拍到白素贞的肩膀上，保我在修补色身的时候，她不出来捣乱，我就保你和你的家人平安无事！"

游娘想都没想就否决了，说："这等卑劣的手段，我是不会做的，况且白娘娘千年修行，你一张小小的暗符怎么能够奈何得了她？并且她有文曲星护体，你也太小瞧她了！"

蟾蜍精说："白素贞为何要跟我做对，就是因为我身上的戾气，她担心会荼毒到钱塘百姓，即便我不在钱塘，也会在别的地方荼毒别人。我只不过是想快点用人间的不义之财修补我的色身，不再荼毒到无辜之人，除此之外，也别无他意。况且这暗符也杀不了白素贞，只是暂时让她没了法力，跟平常人一样，一旦我色身修补成功，白素贞身上的暗符自然会消失！"

蟾蜍精凑到了游娘的跟前说："你的段郎有你的法力护体都无法抵挡我身上泄出来的千年戾气，更何况钱塘的凡人百姓，你自己好好想想！"说罢，蟾蜍精将手一甩，暗符就飞到了游娘的手中。

正想到这里的时候，白素贞接连两声叫着游娘的名字，游娘才回过神。这时院外的段安阳因时疫还没有完全康复，一阵风吹来段安阳便咳个不停，游娘的儿子哆哆地问："爹爹，你没事情吧！"看到此情此景，游娘表面上看起来风平浪静，但是内心已然是波涛狂涌。

白素贞问："游娘莫不是还有什么顾虑？"游娘看着院外咳嗽的段安阳，说："我还有什么顾虑呢，只不过是希望段郎和家人平平安安，即便是让我做什么，我也顾不了那么多了！"游娘此刻眼眶湿润，满眼无奈的她看看段安阳，又愧疚地看看白素贞。白素贞以为游娘还在见外，便说："你我在人间行走，理应彼此成就和照料，为了一点小事，不至于顾此失彼吧？"

游娘笑着摇摇头，然后说："白娘娘，你衣领上的线头都翘了起来，敢情是这针脚功夫太凑合，改天我给你做一套衣服吧！"说罢，游娘伸出双手，把白素贞衣领上一处不起眼的线头，用指甲挑了出来，顺

257

便假装拍了拍白素贞褶皱的衣服说："白娘娘现在肚子日渐大了，这衣服也显得紧了，衣服都往上抽!"这一拍，暗符拍到了白素贞的体内，这一切神不知鬼不觉。

白素贞见眼下的情况，游娘根本不愿意多说，也知道多问只能徒增对方的反感，她和游娘寒暄了一阵别的事情，便回到了家中。

思来想去，白素贞觉得这里面还是有不对劲的地方，她担心游娘着了魔道，一不小心便心存邪念，此刻或许雷峰塔里的法海能知晓其中的缘由，等到夜晚，白素贞见许仙熟睡，便到院中，准备去往南山。没想到白素贞一转身，并没有遁走，而是在原地，白素贞想着：胎儿还没有足月，为何法力消减得那么快?

白素贞又试了试，依旧不能隐身起飞。白素贞屏气凝神，单手翘起雨润指对着院中的盆景试了试，没想到院内的盆景只是在一阵风中摇曳了一番，白素贞瞬间心慌起来，她隐约觉察到不对，失去法力的她已处于危险之中。

白素贞叫来小青，将刚刚的事情按下不说，而是问小青："前段时间，游娘来找我，你为什么要拦下来？"

"啊，姐姐，这些事情你都知道了！"白素贞听小青这么一说，气急败坏地说："不是知道了，而是被蒙在鼓里太久了！"

小青说："我又不是故意不让她见姐姐你的，而是你大肚便便，多有不便，她的事情又不是什么大事情！"

白素贞说："你哪里知道其中的厉害，就你这么一耽误，让游娘和我们心生嫌隙，万一被蟾蜍精钻了空子，那可如何是好！"小青默不作声。

白素贞将自己最担心的一幕告诉了小青，小青听后惊恐万状，说："姐姐，之前你不是说要等到你分娩的时候，才会法力全无吗？"白素贞说："话是如此，但是我万万没想到还没有到分娩的时候，我已经法力失效，这比我预估的还要可怕！"

小青若有所思地问："可怕？姐姐所指的是蟾蜍精吗？"白素贞无奈地点点头，小青说："姐姐不用担心，不还有我和五鬼为你护法吗？"

"小青，其实我现在最担心的是游娘，可能她已经被蟾蜍精给利用了！"白素贞的一席话，让小青摸不着头脑，疑惑不解地问："游娘怎么可能跟蟾蜍精同流合污呢？"

　　"我就怕蟾蜍精从中作梗，蛊惑了游娘！"说到这里，白素贞接着说："我现在法力全无，如同常人。小青，你赶快把五鬼给召唤过来，我有事情要问他们！"

　　小青拿出骨笛，唤来五鬼。白素贞开门见山地问："你们最近有没有发现游娘和蟾蜍精私下交往！"

　　"白娘娘果真料事如神，前几天游娘在县衙买药不成，晚上便一人到县衙，好久才从县衙出来！"白素贞听闻，心中打量着："果真被我猜到了！"

　　"那你们知道她找蟾蜍精做了什么吗？"

　　五鬼说："我们怕打草惊蛇，不敢接近蟾蜍精，不过我们暗中盯梢，发现游娘见完蟾蜍精之后，便得到了药材！"白素贞思量了许久说："五鬼，还要劳烦你们继续潜伏在县衙，观察县令的一举一动！必要的时候，再动身也不迟！"

"这一点白娘娘尽管放心，你和青姑娘交代的事情，我们必当全力以赴为二位效劳！"临行前，五鬼说："对了，白娘娘，我想起来一件事情，法海禅师被蟾蜍精诬陷毒害朝廷命官，现在被关押在县衙的大牢无法脱身！"

　　白素贞气急败坏地说："这蟾蜍精实在可恶，附在朝廷命官的官袍里，拿这个来要挟法海禅师，纵然法海禅师是得道高僧，也要被人间的法度所约束。看来当务之急，我们要想办法把法海禅师营救出来才好！"

　　五鬼听闻，便说："这个我们方便，只需要把牢狱的衙役打点好，一切我们来暗中操作！"白素贞思来想去，这也算是折中的办法，白素贞说："小青，由你来协助五鬼把法海禅师营救出来！"

　　五鬼立马上前阻拦，说："白娘娘，不可！"小青疑问道："为何？"

　　"白娘娘，估计现在蟾蜍精早就对你和青姑娘有所戒备，这个时候，你们到县衙，等于是自投罗网，倒不如由我们五鬼神不知鬼不觉地将法海禅师放出来来得方便，这样一来蟾蜍精也无法怀疑到我们!"

思虑周全的五鬼没想到料理好狱头，法海死活不肯逃出牢狱。五鬼对法师的行为颇为不解，法海说："如果我现在贸贸然逃出狱，岂不是人不通古今，马牛而襟裾之举，势必会引起朝廷的轰动，到时候进来的可不止我法海一人，而是众多的僧侣无辜受牵连。你们当下首要的任务不是救我，而是如何能够让蟾蜍精本相毕露。"

空手而归的五鬼拿法海没辙，只好前来向白素贞汇报，得知消息的白素贞说："天快亮了，你们赶快回到县衙，以免暴露了行踪!"

迁思回虑的白素贞由于过于疲劳，加之暂失法力，她和寻常孕妇并无什么区别，过于劳累的她偶感不适，心中的那股难受劲儿，就像是钱塘江涨潮一样翻江倒海，连绵不绝。

然而刚刚康复的段安阳，没出几日，身体反而摇摇欲坠，此时的游娘才知道蟾蜍精给她的药，一真一假，真的药被儿子吃下，而段安阳吃下的药恰恰是没用的慢性毒药。游娘想着用药前，她还催动了玉钗的灵力，不可能适得其反。游娘从头上拔下玉钗，看上去并没有什么不妥，为了消除疑虑，游娘念着引水咒，发现这玉钗并不能御水，这才知道玉钗也被调了包。游娘此时又是羞愧又是悔恨。

气愤的游娘将玉钗扔在了地上，懊恼地留下了眼泪。没想到玉钗摔在地上后，化成了一团戾气，从屋内飘向了院外。游娘赶快拿起桌上的花瓶，施法准备将戾气吸入瓶中，奈何游娘的法力根本无法驾驭早已被蟾蜍精施了法的戾气，只能眼睁睁地看着戾气飘向了街道。

忐忑不安的游娘此时知道自己已经闯祸了，她又羞于去求救白素贞，她闭上眼感应着玉钗所在何处，这才发现早已经被蟾蜍精据为己有。破门而出的游娘，准备去找蟾蜍精拼命，但是一出门的她，见到戾气已经开始在人群中扩散了，心中更是慌，她知道凭自己的能力，是无法制伏已经扩散出去的戾气的，同时身中暗符的白素贞更是虎口余生。游娘此时又是忐忑又是无助。

游娘转身关门，在门口设了一道屏障，以防戾气侵入家中。游娘想着段安阳体内有她的百年鱼鳞，游娘决定炼化鱼鳞，来救段安阳。

游娘将手指沾了几滴茶水，指尖上的茶水变成晶莹的水珠，水珠进入段安阳的体内，第一滴没有任何反应。游娘再次将手指置入茶杯中，将水珠打入段安阳的体内，没想到还是没用，游娘忽然想到了什么，她默念咒语，准备召回鱼鳞，没想到段安阳体内空空，跟常人一样，游娘瘫坐在地，声嘶力竭地哭着。游娘此时又是惶恐又是心惊。

许久之后，游娘痴痴地看着躺在床上的段安阳，她含着泪向段安阳体内注入真气，吊住段安阳的精气。

临近傍晚，保安堂准备打烊，出诊完最后一位病人之后的许仙，忽然偶感不适，眼花缭乱的他视物朦胧，他强打着精神，手握拳头敲打着额头，没想到瞬间晕倒在地，慌得店伙计立马跑到后院叫白素贞。白素贞听闻，强撑着身体的不适，不管不顾地冲到了铺头，一眼就看出许仙身中戾气。

伙计将许仙扶到了后院，白素贞紧闭房门，对小

264

青说："青儿，快，官人现在还有灵芝仙草护体，你赶快把官人的戾气逼出体外!"小青投袂而起，举手之间可谓剑及屦及，小青从口内吐出灵丹，灵丹在许仙的身上绕了三圈，才把戾气给清除。

运功的小青一时间耗损了不少真元，眼神也显得游离，白素贞赶紧问小青："青儿，你没什么事情吧?"

"姐姐没事，这点戾气我小青还是能降伏的!"发上冲冠的白素贞说："看来蟾蜍精已经想对我们杀之而后快了!"

"姐姐那怎么办?"

白素贞说："与其在这里坐以待毙，还不如我们现在到县衙挺身而出!"小青立马反对说："姐姐，你现在这个样子去找蟾蜍精，无疑是螳臂当车，不可以!"

白素贞说："你忘了我已经把缚灵带绑在了蟾蜍精的身上?"说罢，白素贞耳语告诉小青缚灵带的咒语!

小青迟疑地说："姐姐，这个缚灵带管用吗?"

白素贞胸有成竹地说："只要我一息尚存，这缚灵带就行之有效，除非我魂飞魄散。"

　　小青带着白素贞一同来到县衙，路过街道的时候，发现戾气已经四处窜行，乌烟瘴气弥漫到每家每户，年老体衰的人已经开始犯病，白素贞这才知道自己太过于顾东顾西，以至于现在很是被动。

　　白素贞向小青点点头，小青翘起鹿指，按照白素贞所传授的咒语和心法，驱动缚灵带，正在吸食金元宝的蟾蜍精忽然感到腰间被紧勒，这才发现腰带并非寻常之物，而是缚灵带。蟾蜍精深吸一口气，准备冲断缚灵带，没想到这带子上的法力甚是厉害。

　　蟾蜍精感受到院外有人在施法，便冲了出去，没想到是白素贞和小青，小青立马停下咒语，掏出骨笛，将五鬼引来。五鬼现身，将蟾蜍精给围住。蟾蜍精抢上两步，将五鬼中的两个鬼打到在地。小青见机，立马又催动咒语，缚灵带紧紧地勒着蟾蜍精，蟾蜍精一边忍着痛，一边甩出拂尘，拂尘化为利剑刺向小青，小青伸手推拨，避过剑心，然后一翻身，凌空而出，一脚将利剑踢到了草丛之中。

蟾蜍精没办法用尽全力，白白地挨了五鬼两掌。蟾蜍精说："如果你们再敢往前一步，我就让白素贞一尸两命！"

"都死到临头了，还口出狂言！"小青呵斥道。

蟾蜍精得意地说："白素贞，你一心想成仙，你这会弄死我，人间的朝廷命官也会跟着我而死，你可要想好了！"

白素贞说："休得拿县令的肉体威胁我！"蟾蜍摊开手掌，没想到县令的魂魄早已被蟾蜍精给控制。蟾蜍精说："现在你白素贞相信了吧，只要你们敢再驱动缚灵带，我就把县令的魂魄给捏得魂飞魄散！"

说时迟那时快，五鬼中的一鬼，深吸一口气，将县令的魂魄从蟾蜍精的手掌心中吸到了自己的面前，然后施法将县令的魂魄定在了墙上的壁画中。

小青得意洋洋地说："我看你还敢拿什么来威胁我们，你这个不知天高地厚的妖精，今天非要你现出蛤蟆原形。"

小青正准备念咒语，没想到蟾蜍精也开始念起了咒语，蟾蜍精和白素贞同时疼痛万分，白素贞痛得站立不稳。小青立马停下咒语，蟾蜍精说："白素贞，没想到吧，你敢暗中使坏，我也不是好招惹的!"

白素贞深吸一口气，缓了缓神，说："你到底对我做了什么?"蟾蜍精得意一笑，白素贞紧闭双眼，准备驱动体内修行的灵珠，这才感应到体内已经被人种下了暗符。

蟾蜍精说："白素贞，你不要在这里白费力气了，我早让那条鲤鱼精在你体内种下暗符，没有我的法力，你休想将暗符逼出体外。"

此时游娘忽然现身，伸掌向蟾蜍精劈来，没想到蟾蜍精反掌将游娘打到一边，游娘挥出水镖，蟾蜍精连连后退，将水镖打落在地，水镖一落地，就变成了一摊水。蟾蜍精说："雕虫小技，还敢在这里班门弄斧，真是以卵击石。"此时天空乌云密布，眼见就要下大雨，四下的风也开始摇曳着树木，只见树叶漫天起飞。

游娘一转身，跪在了白素贞的面前谢罪："白娘娘，游娘为了救段郎，一时被蟾蜍精蛊惑，这暗符是我种下的，我知道种在哪里!"

游娘伸出手，准备从白素贞肩膀上取出暗符，哪知这暗符根本不听游娘的使唤。这时候小青悄悄地翘起指头，准备默念缚灵带的咒语。不料蟾蜍精眼毒，发现了小青的举动，立马威胁地说："青蛇，只要你敢再念缚灵咒，就别怪我驱动暗符，以三昧真火焚烧白素贞！"

　　小青吓得赶紧收手，蟾蜍精这个时候开始和白素贞谈条件："白素贞，与其你我两败俱伤，还不如我们各退一步，你解开我腰上的缚灵带，我取出你肩上的暗符，你我从长计议！"

　　大家同仇敌忾地看着蟾蜍精，小青说："你休想，纵然我小青以五百年修行抵御暗符，都不会让你得逞！"

　　蟾蜍有恃无恐地说："那你试一试？恐怕你五百年修行还没完全化解暗符，三昧真火就能让白素贞永世不得超生，她腹中的文曲星君更是历劫失败，到时候看你们如何向上天交代！"说罢，蟾蜍精自鸣得意地看着白素贞说："你我现在坦诚布公，各自退一步海阔天空！"

心怀怨恨的游娘忽然凌空飞到蟾蜍精面前，说："做你的春秋大梦去吧，你毒害段郎命归黄泉，我要跟你拼命！"

　　游娘赤手空拳和蟾蜍精对打，蟾蜍精招招将游娘对付得如同搁浅在岸上的鱼儿一样。小青担心游娘吃亏，挥出宝剑，同游娘一起对付蟾蜍精。五鬼前后夹击，没想到蟾蜍精能见招拆招，身手十分敏捷。蟾蜍精见白素贞这边势单力薄，便趁机躲避，溜到白素贞这边，准备重踢白素贞。白素贞连连后退，游娘奋不顾身，凌空挡在了白素贞面前，重重地挨了蟾蜍精一掌，如果不是她们二人手上的菩提珠挡了一下，后果真不堪设想，尽管如此，伤势过重的游娘瞬间真气外泄，现出了人身鱼尾。

　　此时的钱塘江开始涨潮，风从大街小巷刮来，忽然一棵树枝被刮断了。大街上，听到了百姓惊慌失措的声音。奄奄一息的游娘，在地上摆动着鱼尾，鳞片在夜黑之下金光闪闪，小青和白素贞连忙搀扶起游娘，可惜游娘已经没有力气站起来了。游娘说："白娘娘，终究是我对不起大家，我和段郎都是咎由自取。白娘娘，游娘知道已经没有任何颜面再乞求你什么，但是我的孩子是无辜的，请你善待我的孩子，好吗?"

白素贞说:"游娘，不许你胡说，我立马送你去南海，观音菩萨可以救你!"蟾蜍精听闻，张狂地笑道:"你自己都是泥菩萨，如何保金菩萨?"

游娘心有不甘地看了一眼蟾蜍精，眼角的泪水同着天空雨滴，一同而下。游娘将身上最后三片修行的鱼鳞一并拔下，痛心彻骨的她在夜空之下惨叫着。游娘将三片鳞片注入白素贞的体内，瞬间鳞片的灵力将暗符逼出。气若游丝的游娘痛苦地说:"白娘娘，游娘去了!"说罢，游娘化作一道金光，现出鲤鱼原形，在雨中拍打着尾巴。

逼出暗符的白素贞一转身，甩出白绫，将蟾蜍精缠绕。蟾蜍精奋力抵抗，念着咒语，袖子中的玉钗发出的青光将白绫绞断了。小青念着缚灵咒，蟾蜍精痛得在地上乱撞，他用尽全力，集中精力催动玉钗，玉钗的青光罩住了蟾蜍精，蟾蜍精正在慢慢地运功脱开缚灵带。

白素贞驱动法力，一手摆出拈花指，一手摆出鹿指，缚灵带的光和玉钗的青光相互抵抗。这个时候小青和五鬼也运功对付着蟾蜍精，蟾蜍精胸前的飞禽官徽被五鬼的灵力唤醒，飞禽从衣服里飞出，开始对付五鬼，那利爪抓得五鬼伤痕累累。小青和白素贞同时驱动咒语，费劲九牛二虎之力，终于把蟾蜍精从县令的官袍里逼了出来。

　　在狱中的法海对于外面发生的一切了然于胸，钱塘的风声雨声更是声声入耳，直到蟾蜍精被逼出县令体外，法海从禅定中瞬间醒来，说："机缘已到，白娘子，我助你一臂之力。"法海破窗而出。

　　空中忽然传来法海的声音："妖孽，现在你已不是人间的命官，看你如何奈我？"说罢，一串佛珠从空中飞来，蟾蜍精从口中吐出戾气，戾气将佛珠的佛光蒙污，佛珠瞬间落在了地上，法海顷刻现身。

　　这时候白素贞的肚子微微有些疼痛，白素贞强忍着腹痛，与法海一同对付蟾蜍精。蟾蜍精知道此刻白素贞最在意的是她的肚子，每一招都在躲避法海的同时，直击白素贞的肚子，并且招招致命，每一掌都用到老，白素贞也是躲闪不及，拼劲了全身的力气抵抗。蟾蜍精觉得在县衙打斗，地方太小，没办法施展身手，欲退欲进地引他们几人到了西湖。

风雨大作的钱塘，使得保安堂后院一片狼藉，许仙见白素贞和小青都不在，料定他们出事了。许仙从屋内拿出那把当年和白素贞相见的油纸伞，冲到了大街上去找寻白素贞。没想到大街上的街坊邻居都躺在了路边，显然是群体得了时疫，许仙是又惊又怕，他呼唤着："娘子——娘子——"

白素贞在西湖打斗的时候，听到了许仙的声音，白素贞说："青儿，是官人在叫我！"

一时分心的白素贞，不小心挨了蟾蜍精一掌，险些跌进西湖，小青见机瞬间现出青蛇原形，腾空将白素贞接住，白素贞落在了小青的背上。白素贞痛苦万分地叫着，小青说："姐姐，你这是怎么了？"

白素贞说："我刚刚动了胎气，可能胎儿要降生了！"

小青很是慌张地说："这个时候，风雨大作，姐姐，你千万要顶住！"

"不行啊，小青，我快不行了！"

白素贞产子，正如蟾蜍精所料。正在和法海打斗的蟾蜍精，知道法海最厉害的是他手中的钵盂。这个时候，蟾蜍精开始绕着西湖吐出戾气，法海见蟾蜍精要荼毒整个西湖，便将钵盂向空中抛出，用金光将蟾蜍精的戾气罩住。此时的法海没了钵盂，便掷出禅杖，同蟾蜍精斗法，蟾蜍精更是狡猾，直接抛出玉钗，念着引水咒，借着钱塘涨潮，开始将水引到整个钱塘县。

登时波涛汹涌，洪水狂啸，此时的法海见江水倒灌，直接飞到了钱塘县城上空。法海脱下袈裟，念着分水咒语："从善如流，清净调柔，一切智觉，周顾十方。分流！"只见钱塘江水分流到西湖。此时的法海分身乏术，一方面要顾及戾气，另一方面要分流水患，以保钱塘百姓安危。奈何玉钗太厉害，来势汹汹，加上山体滑坡、堤坝决裂，钱塘边上的房屋已经置身在洪水之中。

小青见江水向西湖涌来，说："姐姐，怎么办？"

白素贞疼痛万分地说："快，小青，送我进雷峰塔。"

蟾蜍精得意地笑着，他以钱塘为祭场，准备打个翻身仗！小青将白素贞送到雷峰塔后，蛇身绕着雷峰塔三圈，向蟾蜍精飞来，在湖面上同蟾蜍精打斗，白素贞在雷峰塔内痛苦地惨叫着。这个时候，一路跌跌撞撞的许仙，已经找到了南山的雷峰塔下，他听到白素贞正在痛苦万分地惨叫，便闯进了雷峰塔。此时的白素贞已经见红，天上一道红光，文曲星应劫而生。白素贞产子，有漏之身污秽了雷峰塔顶上的摩尼宝珠的灵性。此时，雷峰塔壁画里被降伏的妖魔开始蠢蠢欲动，蟾蜍精感应到摩尼宝珠已经失去了灵性，便甩开青蛇，飞到雷峰塔顶层，将雷峰塔内的佛经打开，他吸食着佛经上的佛荫，修补自己坏死的蟾蜍色身。

白娘子产子，婴儿的啼哭声在风雨狂作之中响彻整个钱塘。小青飞入雷峰塔中，将白素贞和许仙盘在正中间。许仙惊愕万分，面色惨白的白素贞欣慰地看着孩子，又看看许仙，说："相公，多谢你这几年不嫌弃妾身！"

许仙慌慌张张地说："娘子，都什么时候了，你还说这样的话！"白素贞又看了看眼前的娑婆三圣的佛像，然后将目光聚集在观音菩萨的像前，想起了那年在峨眉山上，观音菩萨对她说："白素贞，你迟了！"更想起了千年陪伴自己修行的那条黑蛇，竟然是成仙的仙丹。

白素贞看着雷峰塔外戾气弥漫，说："官人，你快到青儿的背上，将那西湖水面上的玉钗取来！"许仙点点头，爬到了青蛇的背上，青蛇驮着许仙从雷锋塔内飞出。白素贞看着眼前的那把油纸伞，她抱起婴儿，轻轻地浮起莲花手，只见油纸伞泛起桃红色的光，腾空撑开。白素贞撑着伞徐徐地从塔内飘了出去，一直飞到了许仙的面前。只见许仙从青蛇的身上腾空跃到了白素贞的伞下，一手握住油纸伞。白素贞和许仙在西湖的水面上飘了起来，径直地飘到玉钗的方向，许仙伸手将玉钗握到手上。此时，倒灌在钱塘县房舍街道上的钱塘江水开始回流。法海一转身，发现是许仙握住了玉钗，再一回头看到蟾蜍精在雷峰塔顶贪婪地吸食着佛荫。

法海说："不好，镇压雷峰塔的法宝已经被破，我们中计了。"这时小青现出人形，将乾坤宝袋递给法海，说："法海禅师，你法力无边，赶快驱动乾坤宝袋收取戾气，用金钵罩住这妖孽！"说时迟那时快，法海念起咒语，只见乾坤宝袋袋口打开，将戾气收于袋中。

法海禅师举着钵盂，小青再次现出原形，说："法海禅师，站上来，我送你到空中！"法海站在青蛇头上，青蛇驮着法海直奔云霄。

法海禅师再从空中抛下钵盂，钵盂的金光罩住整个雷峰塔，蟾蜍精也被罩在其中。白素贞和许仙撑着伞，从西湖飞进了雷峰塔内，将刚出生的婴儿从塔内抱了出来。

这蟾蜍精本身有些修为，此时加之佛荫护体，法海钵盂的金光也只能暂时困住蟾蜍精。法海说："白娘子雷峰塔产子，破了塔内的结界，现在没有了结界，雷峰塔内的妖魔估计也心魔四起！"

小青问："那怎么办？"

法海看着已经渗透到西湖湖底的戾气，雷峰塔根基已经被破坏，他想了很久说："除非有一个千年道行的人祭塔，方能重启摩尼宝珠的佛光！"

小青一时没有反应过来法海的意思。白素贞看着被金光罩住的蟾蜍精奋力地抵抗着，忽然想起了当年菩萨所言："不入世间，即便千年修为也是即鹿无虞！"她看着雷峰塔，不管是出塔还是入塔，都在其中。

白素贞和许仙撑着伞飘在西湖上空，她远望钱塘县城，那里依旧是戾气弥漫。游娘被钱塘江水冲到了西湖，白素贞看着还有一丝灵气尚存的鲤鱼游娘，心想："所爱之物破坏离散，游娘你最后能够拔掉百年换来的鱼鳞，舍弃爱人，离于爱无忧无怖，为何我不行。"

白素贞从体内逼出当年菩萨所赐的六滴杨枝甘露，洒向钱塘县城，并念起咒语："杨枝甘露，洒向人间，洗涤形秽，当愿众生，清净调柔，毕竟无垢。"

六滴甘露洒入钱塘县城，瞬间戾气被净化，白素贞看着手握油纸伞的许仙，将怀中的婴儿交给了许仙，说："官人，我们的孩子就叫仕林吧！"许仙点点头。

白素贞眼泪流到唇间，说："官人，你我油纸伞下散，若有缘，他日人间再见！"

白素贞一把推开许仙，许仙打着油纸伞从西湖上空飘到了断桥上。许仙大声地叫着："娘子——娘子——"白素贞痴痴地看着许仙，一转身，奔向了雷峰塔。

小青从空中盘旋飞来，准备阻拦白素贞祭塔，她大叫着："姐姐——姐姐——"

然而，决定奋不顾身的白素贞，头也不回地冲进了雷峰塔！

此时白素贞用千年修为重新唤起了雷峰塔顶的摩尼宝珠灵性，瞬间光芒万丈，蟾蜍精被摩尼宝珠的光芒刺得无处可躲，最终在钵盂的金光之下，被镇压在了雷峰塔中。

小青跪在雷峰塔前，泣不成声。法海默不作声，看着雷峰塔结界重现，再看看刚刚经历灾难的钱塘人间，这又是人间又是天堂的地方，此刻如同地狱一般，法海连连叹了两声。

法海看着小青说："青姑娘，你有何打算？"刚说完，一串菩提珠掉在了小青的面前，小青捡起菩提珠，才发现这是法海当初赠给白素贞的那串菩提珠。

小青微微斜视了一番法海，擦了擦眼泪，从地上捡起菩提珠说："姐姐常说，我们蛇类虽有身毒，却不想，纵然千年的妖毒，都不抵人间贪嗔痴，我们不曾荼毒人间，却被人间荼毒了。姐姐用情一场，却被情所误，时至今日，我小青已经体悟到并且亲身经历到贪嗔痴三毒的厉害，人间走一遭，因果循环，姐姐终究付出了惨痛的代价，不成人，不成仙，如今连同妖都做不成了，看来人间真不是个好地方。"

小青两目催泪，心中想到："我小青还能流泪，说明还是悟得不够深。"小青痴痴地看着法海，眼神中透着悔恨和悔悟，她缓缓地说："你当年不是说日后息灾，要送我去紫竹林中收摄身心？如今一语成谶，人间我已经呆够了。做人太累了，我白白修得人身，却悟不透人心。"小青摊开手中的菩提珠给法海看，然后一转身跃进了西湖水中，顺着钱塘江退潮的潮水往南海紫竹林去了！

法海看着小青远去，合掌念了一句"阿弥陀佛"！他走到西湖边，将红色的鲤鱼装进钵盂，然后顺着南山方向，消失在夜色中。

第八回

人间再见

南海紫竹林内，一条小青蛇盘在竹子上，风动竹晃，一动一静之间，她全然都不关心。而今，她只愿意以本来面目示人，曾经那个俏皮的小青，已经死于雷峰塔中。

　　法海带着鲤鱼来观音座前销案，将钱塘的事件一一向大士禀明。观音大士说："想出塔必须先入塔，想出道必须先入道，看来，人间这一遭，白素贞悟了。二十年后，文曲星高中状元之时，便是白素贞息灾之日。"

　　观音大士看着钵盂中的鲤鱼，说："游娘，少欲无为，得失从缘，心无增减，心净则国土净，息心即是息灾。人间的这一遭，游娘你可是悟了？"游娘默默地在钵中游着。

观音大士手持玉净瓶，对法海说："法海，五鬼救护钱塘百姓有功，加封他们为托神仙官，暗中保护文曲星投胎转世的许仕林，直到他登科，再来紫竹林归位！"法海将鲤鱼放置在观音莲花座前的竹篮中，然后便离开了。

　　菩萨现出三十二相中的鱼篮观音相，提着竹篮，驾着云飞向了人间天堂的钱塘，在伏龙寺上空，鱼篮观音说："游娘，人间一遭，你虽然悟了，但是也误了，既然错交，就不能再错付。这一饮一啄之间，因果都应该由你亲自经历，我将你化为寺院斋堂前的木鱼，要被一百零八个僧人敲打，共敲一百零八世，才能抵过你今日的罪孽，等一百零八世之后，我再来助你化鳞成人，飞升南海！"

　　二十年后。苏堤断桥，人间的西湖可谓是"水光潋滟晴方好，山色空蒙雨亦奇"。许仕林高中状元，登科之日，许仕林将其母白素贞生平之事一一上书给朝廷，将二十年前钱塘灾难和当年蟾蜍精及县令贪污朝廷拨款的账本一并上交。皇帝看了许仕林的身世之后，颇为惊叹，对白素贞在钱塘的善举也是赞不绝口，下令允许新科状元许仕林回钱塘祭塔，同时加封白素贞为一品诰命夫人，赐"义妖白娘子"美名，并史书工笔登记在册，广布人间，以此传扬佳话。

欲说当年，望湖楼下，水与云宽窄。醉中休问，断肠桃叶消息。断桥，还是当年模样，人间却换了戏台。

一位翩翩少年和白衣女子撑着一把油纸伞在断桥踏春，白衣女子的玉钗掉在了地上，翩翩少年捡起玉钗，含情脉脉地说："娘子，你的玉钗！"

风清月白偏宜夜，一片琼田；谁羡骖鸾，人在舟中便是仙。这人间天堂，置身其中，不是人便是仙，不是喜剧，便是悲剧。

那断桥，桥未断，人已断！

那油纸伞，雨还在，人已散！

那玉钗，钗未飞，人已拆！

写于庚子年大年初一
2020 年 3 月 30 日二稿完成

图书在版编目（CIP）数据

白娘子/悟澹著. —上海：上海三联书店，2022.9
ISBN 978 - 7 - 5426 - 7730 - 3

Ⅰ. ①白…　Ⅱ. ①悟…　Ⅲ. ①长篇小说-中国-当代
Ⅳ. ①I247.5

中国版本图书馆 CIP 数据核字（2022）第 107684 号

白娘子

著　　者 / 悟　澹

责任编辑 / 陈马东方月
装帧设计 / 0214 _ Studio
监　　制 / 姚　军
责任校对 / 周燕儿

出版发行 / 上海三联书店
　　　　　（200030）中国上海市漕溪北路 331 号 A 座 6 楼
邮　　箱 / sdxsanlian@sina.com
邮购电话 / 021 - 22895540
印　　刷 / 上海南朝印刷有限公司

版　　次 / 2022 年 9 月第 1 版
印　　次 / 2022 年 9 月第 1 次印刷
开　　本 / 787 mm × 1092 mm　1/32
字　　数 / 130 千字
印　　张 / 9.125
书　　号 / ISBN 978 - 7 - 5426 - 7730 - 3/I · 1769
定　　价 / 59.00 元

敬启读者，如发现本书有印装质量问题，请与印刷厂联系 021 - 62213990